お飾り側妃
になりましたが、
ヒマなので王宮内で
こっそり働きます！
～なのに、
いつのまにか
冷徹国王の溺愛に
捕まりました～
Akeru Akeyo
明夜明琉
Illust. RAHWIA

CHARACTERS
ライオネル
リージェンク・リル・フィール王国の国王。
若くして王となり、戦場では無敵の軍人王。
後宮嫌いで妃には興味がなかったが、
オリアナと過ごすうちに手放せなくなり…！
オリアナ
フォルウェインズ男爵家の令嬢。
実家の借金を返すために後宮入りする。
ある日、こっそり後宮を抜け出すと、
まさかのライオネルに遭遇してしまい…！

グレイシア
エメルランドル公爵家の令嬢。ライオネルの第一側妃であり、他の側室の元へライオネルが行かないように妨害している。実はみんなに内緒にしていることがあって…。
ポーリン
テオドラールの妹。いつもテオの後をついて歩いている。うさぎのぬいぐるみが宝物。
テオドラール
ライオネルの兄である先王の子。愛称はテオ。早くに両親を亡くしているので、6歳ではあるもののしっかりした性格。

「ラ、ライオネル様!?」
「すまん。でも、毎日会いながら、
ここまで我慢しているのだ。
少しくらいは許してくれ」

お飾り側妃になりましたが、ヒマなので王宮内でこっそり働きます！

～なのに、いつのまにか冷徹国王の溺愛に捕まりました～

Akeru Akeyo
明夜明琉
Illust. RAHWIA

目次

第一章　今夜は初めてのお渡り

こつこつという靴音が、暗い後宮内に響き渡る。

廊下に灯されているのは、周囲をガラスで包まれたほのかな明かりだ。磨りガラスを通してこぼれる光が、薄闇の中から近付いてくる王の銀の髪を柔らかな色に染め上げている。

(——来た！)

部屋の方向に迫る音を確かめ、オリアナはわずかに開けた扉の隙間から目を凝らした。

ここは、精霊の守護があるリージェンク・リル・フィール王国の後宮。オリアナは二十七番目の末席とはいえ、側妃のひとりだ。

もし歩いてくる王——ライオネルがこの部屋の扉を選んだ場合、なにが行われるのかは、後宮へ入る時にメイドから繰り返し聞かされたからわかっている。

「ど、どうしよう……」

やっと王に会えるかもしれないのだ。

後宮に入ってすでに半年。だが、オリアナをはじめ下位の側妃が住むこのコンスレール宮にお渡りがあるのは初めてだ。

先ほど『陛下がこちらの建物に来られることになった』と連絡してきた後宮長が、ここに住むまでに紛れこんだかのように……。


む誰が選ばれてもいいようにと雑役《ざつえき》を行うメイドに命じて、下位の側妃たちの支度を念入りに調えてくれた。しかし、王の足音が近付いてくると、明かりがひとつだけ灯された部屋の中でそわそわとしてくる。

「えーっと、髪はおかしくないわよね？　化粧も綺麗にしてくれたし……！」

腰まであるミルキーベージュの髪は、丁寧に梳《す》かれ緩やかに波打っている。紫の瞳に合わせて用意された夜着は、背が高く、引きしまった体の線を美しく見せる飾りの少ないものだ。きりっとした眼差しと合わせ、十九歳という若々しい年齢ならば、飾り立てるよりもこの方が似合うと用意してくれたメイドが太鼓判を押してくれたが、いざとなるとやはり不安になってくる。

もし、王がこの部屋の扉を開ければ、あとは作法に則った礼で身を屈めて挨拶をすればいいだけだ。その後は、王に任せて部屋の奥に進めばよいはず。

（だけど――）

途端に緊張が襲ってくる。

もう一度、ちらっと扉の隙間から廊下の様子を窺《うかが》い、今度は目が釘づけになった。

磨りガラスで作られた明かりの下まで、だいぶ近寄ってきていたからだろう。壁に並んだ後宮長とメイドの出迎えを受けながら歩いてくる王の銀の髪は、炎のような輝きを放っている。

普段は冷たい青みがかった銀の髪なのに、光を受けるとまるで髪の一本一本が燃えているようだ。煌めく髪と凜々しい顔立ちが相まった姿は、王弟時代の『炎虎将軍《アンバータイガー》』という名を彷彿とさせる。

二十三歳という若さにもかかわらず囁かれるふたつ名の通り、戦場においては破竹の勢いで敵を倒し、近隣の国にも勇猛と名を馳せている王だが――。

ジッと扉の隙間から眺めていると、夜を連想させるような王の黒い瞳が、ふとオリアナの方を見つめたような気がした。

「えっ！」

思わず、ばくばくとする心臓を静めるために、背中を向けてしまう。扉越しとはいえ、一瞬だけ視線が絡まったように感じたからだ。

（ひょっとして……覗いていたことに、気付かれたの？）

いや、まさかと部屋の中に目をやれば、奥にあるシーツをかけられたベッドには、月光がなまめかしく横たわっている。ほのかな光の中に広がる白いシーツに甘い香りが焚きしめられているのは、これから行われるかもしれないことのための準備なのだろうが――。

「陛下、今宵はどの部屋の妃をご所望でしょうか？」

聞こえてきた後宮長の声に再び扉を振り向けば、王は迷っている様子だ。

「陛下。お渡りのない妃に会うようにとの進言を、臣下から強く受けられたと伺いましたが」

「わかっている」

後宮長の言葉に、しばらく考えていた王が、関節の太い人さし指をこちらへ向かってゆっくりと伸ばしてくるではないか。

「そこの――」

（えっ⁉　本当に、私を選んでくださったの⁉）

ドキドキと扉の隙間を見つめる。

「陛下！」

だがその瞬間、視界に入ってきた女性の姿に大きく目を開いた。

「どこに行かれますの？　私は、ずっと陛下が来られるのをお待ちしておりましたのに」

豪華な金の髪を靡《なび》かせ、しなやかな両手で王の右腕を絡めとっていくのは、後宮のリーフル宮に住む第一側妃グレイシアだ。豪奢な衣装を纏って現れた姿に、王が少し驚いたように目を見開いている。

「グレイシア。ああ、いつも無沙汰をしてすまない。だが、よくここがわかったな」

「あら？　第一妃の私が、後宮に陛下が来られて存じあげないはずがないではありませんか？」

ずっとお待ちしておりましたのにとその身をすり寄せる姿は、さすがこの国一の美貌とたたえられるだけあって薔薇のような美しさだ。後宮長やメイドたちの視線も気にせず、「それに」と、魅惑的な肢体《したい》でそっと王へとしなだれかかっていく。

「父が、陛下がご覧になりたがっておられました我がエメルランドル公爵家の精霊石《せいれいせき》を先日持ってきてくださいましたの。大変貴重なものですし、本来門外不出の品ですから、長く私のもとに置いておくことはできませんわ。ですから――」

どうか今宵は私と、と王に甘えながら笑いかける姿に、オリアナは息を呑んだ。

(待って！　やっと話せるかと思ったのに！)

たしかに、先祖に精霊を持つリージェンク・リル・フィール王国で、精霊石は貴重な品だ。各貴族の先祖に連なる火・水・土・風・光・闇の属性を持つ精霊が、子孫の守護のために遺したと言われている石だ。これがあれば、もし力を持たない者が生まれてもその血統の精霊を使えるし、大元の精霊が持っていた魔力の特長や大きさを知ることもできる。そのため忠誠を表すのに、自らの力を包み隠さず示すという意味合いで密かにその石を見せることもあるというが。

(半年も待った機会なのよ！)

部屋から飛び出して声をかけようかとも思ったが、お渡りを言い渡された建物に複数の妃が住んでいる場合は、誰の部屋が選ばれたのかわからぬように、王が入室するまでは廊下に出るのを禁止されている。どうしよう――と、薄く開いた扉のそばで迷う。

次の瞬間、王の低い声が響いた。

「――精霊石か。ならば代えがたい忠誠の証だ。仕方がない、今宵は予定を変更して第一妃の部屋へ行こう」

その言葉に、グレイシアの顔が嬉しげに輝いていく。

「ありがとうございます！　できるだけ早く陛下にお伝えして、我が家の忠誠をぜひご覧になっていただきたいというのが、父の願いでしたのよ」

そのままグレイシアのはしゃいだ声が、王の足音とともに廊下を遠ざかっていく。

白い通路のぼんやりとした明かりの奥へ消えるふたりの背中を隙間から見つめながら、オリアナは扉の前でぺたんと座り込んでしまった。

俯いた顔にミルキーベージュの髪がかかり、床に垂れ下がっていく。

「……まさか、精霊石を持ち出されるなんて……ね」

つい呟いた部屋で動いているのは、窓から入ってきた風に揺らされるレースで作られた薄いすみれ色のカーテンだけだ。

もともと、後宮に王のお渡りが少ないというのは有名な事実だった。焦った家臣によって多くの側妃が集められたが、今でも変わりはない。

それだけに第一妃でありながら、いまだに正室として立后する気配のないグレイシアにしてみれば必死なのだろう。

「うん。仕方がないわよね。背が高くて田舎出身の私よりも、華やかで女性らしい公爵家出身のグレイシア様の方が、ライオネル様には似合っているし」

わかってはいるが、がっくりとしてしまうのは、つい先ほどまで待ち望んだ相手にやっと会えるかもしれないと思っていたからだろう。

白い御影石《みかげいし》の床に座り込んで、はああと大きく溜め息をついた。

「まあ、私は、本来後宮に来る気なんてなかったのだし――」

あんなことさえなければ。

ぺたりと座り込んだなめらかな床の冷たさに、後宮に来ることが決まった半年以上前の冬が訪れた頃に感じた空気の寒々しさを思い出す。

ふっと閉じた瞼の裏に、故郷の男爵領のことが思い浮かんだ。


もともとオリアナは、このリージェンク・リル・フィール王国の南東の端に位置するフォルウェインズ男爵家の生まれだった。

山には柔らかな風が吹き通り、優しい人々が暮らす小さな領地。

ほぼ名前だけの男爵家のため生活に余裕があったわけではないが、それでも父と母と妹の四人で、慎ましく暮らしていた。兄のように外国へ留学には行けなくても、自分と志の同じ幼馴染みが小さい頃に誘ってくれたおかげで、宮廷学や算術、語学などを学びながら過ごしていた。

そんな穏やかな日常を突然、暴風雨が襲ったのは、見知らぬ男が持ってきた一枚の紙が発端だった。

『借金……!?』

座ったままの男が掲げた紙に目を白黒とさせながら、綴られた文章と持ち主とを交互に眺める。あまりにも驚いたからだが、ハッと周りを見回せば、オリアナだけでなく横にいる父や母も、妹でさえもが信じられないといった様子で男の顔を凝視しているではないか。

その前で、灰色の高価な上着を纏った男は、小さく笑いながらかぶっていた帽子を外した。

「そうです、フォルウェインズ男爵様。あなたは鞄の取り引きをされているご友人の保証人になっておられましたね？」

「それは、たしかにそうだが……！」

名前だけとはいえ男爵だ。商売を起こすための保証人になってほしいと、昔なじみに頼み込まれたというのは、オリアナも以前父から聞いていた。

「そのご友人が、先日工房もろとも土砂崩れに呑み込まれて亡くなられましてね。仕入れた革も倉庫にあった商品もすべてダメになってしまいましたので、未払いの代金の支払いを男爵様にお願いしたいのです」

男が語る内容に目を見開く。

たしかに、その友人が先日事故で亡くなったと父は口にしていた。

憔悴しきった様子に当時はそこまで考えなかったが、今渡された紙を見てみれば、書かれた金額は、男爵という体面だけをどうにか保っている貧乏なフォルウェインズ家に支払う余裕などあるはずもないもので――。

「こんな大金……！　すぐになんとかしろと言われても……」

驚いた父が叫んだが、ここでそんな友人は知らないとか、騙されて保証人になったんだとか、これまでの自分の過去を欺くような言葉を口にしないのはとても立派だと思う。

だが、保証人であるのを認めたことに機嫌をよくしたのか、男はひょいっと帽子をもう一度かぶった。

「そちらの事情は関係ありません。私としましては、金さえ返していただければいいのですから。ああ、たしかに、この家に金目のものは少なそうですが……」

貴族とはとても思えない、普通の町人よりも少しだけランクが上のブルーグレーの内装を眺め、続いてオリアナと妹に舐め回すような不快な視線を向けてから、にやりと微笑む。

「そちらのお嬢様は金になりそうですね。なかなか美しい容姿だ。それに下の妹さんも。ああ、あと奨学金で外国に留学されているお兄様もおられるのでしたね？　世の中には、その年頃の男女を好む手合いは多いですから、いい娼館さえ見つかればこの額でもなんとかなるとは思いますよ」

オリアナはハッとして、そばにいる妹の体を抱きしめた。

「では、また三日後に。お返事を伺いに参りますので」

にやりと笑いながら見つめる瞳に浮かんでいるのは、なんと計算高い色なのか。まるで、すでにオリアナたちが商品であるかのように値踏みをしている。

「娘は売らん！　もちろん、息子もだ！」

「かまいませんよ。私どもは、ただ金の回収をするだけです。できない場合、男爵様やお嬢様方の身の安全は当然保証しかねますが――。まあ、どちらのルートを辿っても、お嬢様たちとお坊ちゃまの未来は同じになるでしょうね」

（なんて嫌な男！　人をまるで品定めするかの如く全身を眺め、あまつさえ脅すような言葉を口にしていくとは！）

「父上、母上……。私は売られてしまうの……？」

男が出ていった扉が閉まる音を聞き、震えている妹は、まだほんの十五歳だ。

（それなのに、よもやあんな話を持ち出すなんて！）

相手は、金の余っている年老いた男か。それとも幼い体を組み敷くのに悦びを感じるような者をあてがう気なのか――。まだ十七歳の成人年齢にすら達していない妹には、考えただけでも身震いするほど恐ろしい話だろう。

血の気をなくしている妹の亜麻色の髪の中に両手を入れて、思い切り強く引き寄せてやる。

「心配しないで！　私がなんとかしてあげるから」

「本当に？」

「ええ、本当よ。私が嘘を言ったことがあったかしら？」

「いいえ、ないわ。姉上はいつでもそう言って、なんとかしてくれていたもの」

「だったら、ここは私に任せて、どーんと大船に乗った気でいなさい！」

まだ青い顔をしている妹に、胸を拳で叩いて宣言する。とは言ったものの、目の前に立っている父や母の不安そうな顔の通り、当然ながらあてなどなかった。

外国に留学している兄に相談することも考えたが、彼にだって金がないのは、仕送りしている父を見てきた妹のオリアナが一番よく知っていた。


「――というわけで」

父と母が親戚に相談に行っている間、結局、あれこれと悩み抜いて駆け込んだのは、オリアナがずっと宮廷学の勉強のために通っていた近隣の子爵家の離れにあるルースの部屋だった。

ルースは子爵家の親戚にあたる人で、過去には宮廷で高官をしていたらしい。病気の療養のためにこちらへ来てからは、子爵令息のセイジュと彼に誘われた幼馴染みのオリアナの先生をしてくれている。長い白髪を揺らし、年を刻んだ穏やかな顔で教える彼は、オリアナにとってとても信頼できる人物だった。

だから、いわば、最後の頼みの綱とも言えるルースとセイジュを前に、書物だらけの中にあるテーブルへ身を乗り出すようにして、本題へと入る。

「なにか速攻で金になり、妹を安心させてやれるような働き口はないでしょうか!?」

「直球じゃな」

あまりの勢いに相談されたルースの方が押されている。一緒にいたオリアナと同い年のセイジュも、短い飴色の髪の下で真面目そうな濃い茶色の瞳を瞬いた。ルースの括った白髪が後ろで少し揺れたが、迫ったオリアナの姿に必死さは伝わったのだろう。

少しだけ瞳をさ迷わせた後、ルースは鍵のついた引き出しからじゃらりと音のする袋を取り出した。

「助ける金は——ここにある。だが、知る限りの名士をあたってくれと子爵様から預かったこの金貨を渡すのには、条件がついておる」

「条件？」

「ああ、後宮に入ることだ」

重々しい様子で切り出された言葉に、オリアナは思わず瞬きすら忘れてしまう。

「後宮……」

「ああ。今の国王陛下は後宮へほとんど興味を示さないらしくてな。少しでも関心を持ってもらうために、宮廷から子爵様へ、地域随一の美女を差し出すようにという命令がこの金と一緒に来たそうなのじゃ」

つまり、これはそのための支度金なのだろう。

事情と金の出所はわかったが、まさか後宮とは思わず固まってしまったオリアナを、ルースが灰色の瞳で覗き込む。

「どうじゃ？　お前の夢とは少し違うかもしれんが、これならまだ別の形で望みが叶う可能性もある」

その言葉に、テーブルに置かれた金とルースの瞳を交互に見比べた。

後宮。突然の話に戸惑う。

少しの沈黙が、ふたりの間に落ちる。

しかし、その瞬間、そばで聞いていたセイジュがよく鍛えた腕をテーブルに下ろしてふたりの間に割り込んできた。

「反対です、ルース先生！　オリアナを後宮になんて――」

いつも明るい表情の彼だが、今は顔をしかめて、必死で止めようとしてくれている。彼とは長年机を並べてきたから、オリアナの望みをよく知っているのだ。

「たしかに父は後宮へ美女を差し出すように命じられていました！　でも、オリアナをなんて――」

「セイジュ、まさかオリアナがこの地域随一の美女ではないと、そこを反論したいのか？　だったらお前の目は節穴だぞ？」

「いや、違っ……！　俺が反対したいのはそこじゃなくて！」

焦っている親友の姿に、だんだんと固まっていた頭の中が氷解していく。

「オリアナは、俺と一緒に官吏の試験を受けるのを目指していたんだ！　それを、後宮へ行けだなんて――！」

ゆっくりと頭が動きだし、オリアナは笑ってセイジュを見上げた。

「うん、わかるわ。私も自分がこの地域随一の美女だなんて、うぬぼれてはいないし」

「いや、だから俺が反対しているのはそこじゃなくて――！」

「いやいや、一番の美女は妹よ？　私は、言動だって女らしくはないもの。そう言いたいのよね？」

「いや、お前は、たまに仕草が妙に男前なだけで！　女性たちの手が届かない高いところにある物を取ってやったり、困っていれば何日でも相談に乗って、夫より頼りになるとか言われたりしているから！　ただ、そういう意味で」

「でも――」

にこっと笑ってセイジュの肩に手を置く。

「私だって、そう悪くはないでしょう？」

その言葉で、オリアナの覚悟はセイジュに伝わったらしい。

「行くのか？」

ひょいっと机にあった金貨の袋を持ち上げてみる。重い。オリアナの一生と引き換えの金だ。

だが、この重さが家族を救ってくれる。

じゃらっと袋の中で鳴る音を聞きながら、オリアナは親友の言葉にこくりと頷いた。

「ええ。要は、多額の結納金を用意してくれた相手に嫁ぐということよね？　娼館に行くのよりはましだし、兄妹の将来も守ってやれるわ」

「オリアナ――」

青い顔で、セイジュがジッとこちらを見つめる。しばらくして、その顔がくしゃっと歪んだ。

「俺は、ずっとお前と一緒に将来も歩いていくのだと思っていた。それなのに、まさかこんな形で……お前と進む道が分かれる日が来るなんて……」

小さい頃から喧嘩したり、討論を交わしたりした友人の頬を流れる涙に、そっと優しく手を伸ばす。

「うん。だけど、道は変わっても方向は一緒だもの。後宮がどんなところかはよく知らないけれど、きっとなんとかなるから――」

ライオネルに会える。そう思うと、後宮に行くのも悪いことではないような気がしてくる。

「すまん。俺にもっと力があったら、なんとかしてやれたのに……」

俯いているセイジュは本当に辛いようだ。幼い頃からの友人の困難を助けられないのが悔しいのか、涙をこぼしている。

そして、真っ赤な目で顔を上げた。真剣な瞳でオリアナを見つめる。

「でも……、もし辛かったら、絶対に助けてやるから。いつかは、俺が試験に受かって……お前を解放できるように……、だからいつでも知らせてくれ」

「うん。ありがとう。私もここことは違う場所で、また会えるのを待っているわ」

そう泣く友人の肩を抱きしめたのは、寒い冬だったというのに。

今のオリアナは、ぽつんと誰の温もりも感じない冷たい石の床に座り続けている。

辺りはしんと静まり返り、同じ棟に住む位の低い側妃たちは、もう寝たのだろう。

「なんとかなる、か――」

過去の言葉を、オリアナはもう一度唱えてみる。そして立ち上がり、勢いよく走ってベッドへと飛び込んだ。

「そうよ、なんとかなる！　これくらいでくよくよ考えたって仕方がないもの」

きっと、明日から、またチャンスがあるはず――。

（いつかはきっとお伝えできるわよね？　同じ王宮内にいるのだし）

遠い田舎でライオネルを思い出していた頃に比べれば、ずっと幸せなはずだ。

「ひと目だけでも今のお姿が見れたのだもの。明日からの未来で、いつかきっと話せる日も来るわ！」

（だから、今はくよくよしないで寝よう。会いたかった彼の姿を十年ぶりに見られたのだから）

そう自分に言い聞かせると、オリアナは冷えたシーツの中に潜り込み、体を包む甘い香りに故郷で家族と摘んださくらんぼの実を思い出しながら、そっと目を閉じた。

もう夏も終わるはずなのに強烈な日差しが照りつける翌日の午前。

黒い影を落とす後宮の木陰で賑やかに鳴いているのは、ミンミンゼミだろうか。声だけを聞いていると、今が夏の盛りのような錯覚に陥ってしまう。

いや、夏の盛りのようなのは周りの蝉の声だけではない。今、手の下にある引き抜かなければならない草たちの茂り具合は、どう見てもこの強い日差しの賜物だ。

「なんで、私たちが草引きなんて！」

目の前で手の平ほどのサイズにまで伸びた草を引き抜きながら、同じ棟に住むメイジーはぷうっと頬を膨らませた。腰のかわいいリボンと裾に雫の模様が描かれた衣装は後宮らしくてとても華やかだが、草引きをするにはひらひらとした袖がかなり邪魔そうだ。

メイジーの雀色の目が見つめる先で、ぶちっと草をちぎる音が響いた。

「ことあるごとに呼びつけて！　私たちは、グレイシア様に仕える侍女でも端女でもないのに！」

ぷんぷんと怒りながらも次々とむしっていくのは、完全に草への八つ当たりなのだろう。

「まあまあ」

実家の庭で草引きには慣れているため、つい宥めるが、メイジーからしたらオリアナの平然とした態度が信じられないらしい。

「オリアナは腹が立たないの？　いくら私たちが爵位の低い貴族の出身とはいえ同じ側妃なのに！　後宮での序列が下だというだけで、こんな扱いをされるなんて」

「それは、まあ――気持ちはわからないでもないけれど……」

この後宮で親しくなった妃の言葉につい返事を濁してしまうのは、オリアナは部屋の中に閉じこもっているだけの状態よりも、太陽の下の方が好きだからだ。

「でも、さすがはリーフル宮の雑草よね。他の場所に比べてなんて元気のいいこと」

緑の草を掴んで根っこから引き抜いていると、故郷の庭で母と一緒に手入れをしていた昔を思い出す。実家の雑草もなかなか手強かったが、このリーフル宮の草花の勢いはその比ではない。

（さすがは名だたるリーフル宮！）

ふうと、額に流れる汗を拭いながらも感嘆してしまうのは、ここが歴代土の精霊と縁の深いリーフル宮だからだろう。

このリージェンク・リル・フィール王国では、精霊の血を受け継ぐ人々が暮らしている。太古にいた火・水・土・風・光・闇を司る精霊たちは、ここに住み着いた人間の一族との共存を受け入れ、たくさんの子孫を後世に遺した。

今でも、その精霊たちの力を受け継いだ人々が暮らしているが、時代が流れるとともに血は薄くなり、現在では意識して血統を保とうとした貴族くらいしか精霊の力が目覚めることはない。大元の精霊は動物に変化できたらしく、高位の貴族になるほど血統に伝わった精霊の力がはっきりと現れる。特にこのリーフル宮は、側妃の中でも最も土の精霊の力に長けた者が住むことを許される宮殿なだけに、正室の后候補のひとりであることも意味している。

それがメイジーには余計に忌ま忌ましいのだろう。さらに、ぶちっと草を引き抜いた。

「いくら宮廷の有力貴族出身で第一妃様とはいっても！　こんな風に性格が悪いから、後宮嫌いと言われる陛下がますますこちらに近寄らなくなるのよ」

ぷんぷんと小さな声で怒りながら、メイジーがちらりと目だけで示した二階のバルコニーでは、グレイシアが豪華な薔薇の刺繍を施した衣装を身に纏い、草引きをしているオリアナたちの様子をおもしろそうに観察しているではないか。

「まあ、たしかにいい性格だとは思うけれど」

（でも、それにしてはなんだか……）

そう思ってしまうのは、命じられた草引きの庭がグレイシアに似合いそうな花園ではなく、なぜか畑だからだろうか。

ひょいっと顔を動かし、手のそばに茂っている葉を見つめた。

（これは藍よね？　それにあっちには、綿や梔《くちなし》の若木も）

金色の髪に豪華な宝石の飾りをつけ、大輪の花の刺繍を施した服を纏っているグレイシアは、まさに薔薇の如き美しさだ。

（なのに、その庭が花園ではなく畑――――）

なにかギャップを感じるのは、オリアナだけなのだろうか？

思わず額に指をあてて考え込む。俯いた前でメイジーはひそひそとオリアナに囁いてきた。

「そうでしょう？　実は、昨日みたいなことを他の宮殿でも繰り返しているらしいわよ。でも、肝心の陛下は昨夜グレイシア様の部屋には泊まらず、すぐに帰ってしまわれたんですって」

だから、余計にグレイシア様のご機嫌が悪いのよ、と上にはわからないように顔を寄せながらちらりと見上げている。

「へえー」

他でもやっているというのは知らなかった。そして、昨夜ライオネルは一緒に過ごさなかったと知って、オリアナはどこかホッとしたような気持ちになった。

（どうしてかしら。私がライオネル様に対して抱いているのは、そんな感情ではないはずなのに）

不思議な感覚に、オリアナが首を捻った時だった。

「あー、それにしても暑い」

見れば、ぽたぽたとメイジーの額からは汗が流れ続けている。

「せっかくのかわいい顔が台無しよ？」

本当に暑いのだろう。少しだけ手の先で風を起こしてメイジーに流してやると、涼やかな空気の動きにメイジーがびっくりしたように目をぱちぱちとさせている。

「気持ちいいー！　オリアナって、風の精霊の家系なの？」

「まあ、正式に習ったことはないんだけれどね」

家が貧しい上に田舎だったからだが、それでも少しは使える。そよ風を流してやると、今まで暑そうだったメイジーの表情が明らかに緩んだ。

「うーん、最高！」

だが、その時だった。

「あなたたち」

草引きの最中、話しているのに気付いたのだろう。

華やかな羽根をあしらった扇子がすっと二階から伸び、こちらを示している。

「手が止まっているわね？　なにか不満でもあるのかしら」

こちらを見下ろしたグレイシアが、美しい顔で、ふんと嘲るように尋ねてくるではないか。

「あなたたちは、この後宮で一度も陛下のお渡りがない身ですもの。妃として役に立たないのなら、せめてこれくらいはしなければ。無駄飯食らいと囁かれたくはないでしょう？」

「なっ――」

さすがに、メイジーがぶるぶると手を震わせている。

立ち上がろうとしたメイジーの肩を掴み、咄嗟にオリアナは一歩前へと踏み出した。

「申し訳ありません。服の袖が邪魔で、少しまくり上げておりました」

「あら？　服のせいで、手を止めていたとおっしゃるの？」

にこっと笑う顔は、優雅さに満ちた美しさだ。華やかで、百花をしたがえるほどの気品を持つ。

「はい。メイジー妃の服は、こういう仕事には不向きなものです。それに彼女は、私ほど外仕事に慣れてはおりません。ですので、彼女が手を止めていた分は、私が草を引きますので――」

「メイジー妃の分も、ご自分でされるとおっしゃっているのかしら？」

「はい、私の友達ですから」

はっきりと答えると、メイジーがじーんと感動したような眼差しで見つめてきた。

「オリアナ……。私、あなただったら、陛下でなくても一生ついていくわ……」

なんだろう。故郷でよく女の子から聞いていたのと同じ感じの台詞を言われているような気がする。

だが、オリアナの返事がよほどおもしろかったのか。

「ほほほ！　結構よ！　そういうことなら――あれを持ってきて」

自らの筆頭侍女に持ってこさせた二枚の服を、別の女性に渡した。そのまま女性に命じてバルコニーに続く階段から下りさせ、オリアナとメイジーに差し出してくる。

持ち上げ、ぱらりと開いてみて驚いた。メイド服だ。

この後宮で働くメイドのデザインではなく、表の宮廷で雑用をこなす女性たちの——。

「これは……」

さすがにオリアナは言葉を失った。隣で同じように受け取ったメイジーの顔は、青くなっている。

「あら？　服が邪魔で草引きがしにくかったのでしょう？　それならば、服を替えれば捗るのではなくて？」

「誰が召し使いの服なんて……！」

あまりの屈辱に、メイジーが手を振り上げて服を地面に叩きつけた。

「私たちは、下位でも同じ側妃よ！　こんな風にあなたの性格が悪いから、陛下も後宮にお渡りになるのが嫌なんじゃない!?」

「なんですって!?」

「実際、昨夜だって、ここに来られてすぐにお帰りになったと聞いたわ！　グレイシア様を寵愛されているのなら、そのままお泊まりになるはずなのに——！」

「メイジー！」

さすがにこれ以上はまずい。グレイシアの第一妃としての体面もあるが、オリアナとメイジーは共に地方の下位貴族の出身だ。中央の大貴族に睨まれては、家族や領民がどうなってしまうか。

一触即発の危機に慌ててメイジーを落ちつかせようと肩に手を置いた。しかし、グレイシアは急に冷たくなった眼差しで、ふんと嘲るようにこちらを見下ろしてくる。

「陛下が昨夜すぐにお帰りになったのは、私の体を気遣ってのことですわ。陛下の思いやりをそのように詮索するとは。無礼千万と、後宮を追い出されても文句のつけられない言葉だとわかっているの？」

そう告げるグレイシアの手は、自らの豪華な服に包まれた腹をゆっくりとさすっている。下腹部をいたわるように撫でる仕草に、さっとメイジーの表情が変わった。

「……まさか」

「昨夜は、少々調子がよろしくなくて。念のため、早く休むようにといたわってくださったのですわ」

見下すような眼差しに、ますますメイジーの顔色が青ざめていく。ゆっくりとしたグレイシアの仕草が表しているのは、なんなのか――。

「グレイシア様。お体に障っては大変です。昨夜のこともありますゆえ、少し室内に入ってお休みになっては」

そばに立つ筆頭侍女がそっとかけたその声に、グレイシアは顔を上げた。

「そうね。ではあなたたちは、その畝の草をしっかりと引いておいてくださいな。ああ、それと――もし、これがお嫌なのでしたら、あなたたちを役立たずとして人員整理の候補に挙げるよう、後宮長へ話しておきますわ。どうぞ気兼ねなくおっしゃって？」

「それは……私たちを追い出すということ？」

そう言い残し、遠ざかっていく豪華な衣を纏った姿に、メイジーの体が細かく震えている。

「メイジー」

さすがに今の言葉はショックだったらしい。

「まさか、グレイシア様だって本気でおっしゃってはいないだろうし……」

「ううん。グレイシア様は、これまでだって陛下が他の妃に手を出されないように、ずっと牽制されておられたもの。さっきのあの仕草……。もし本当にご懐妊で、正室の后に選ばれたりでもしたら！　権力を使って私たち下位の妃なんてみんな追い出されてしまうのに決まっているわ……」

どうしよう、父も母も後宮なんて思ってもみなかった出世だと喜んでくれていたのにと、メイジーが震えている。青白くなったメイジーを、オリアナは強く抱きしめた。

「大丈夫！　そんなことにはならないから――」

「でも、グレイシア様はあの性格よ！　私たちなんて邪魔にしか思っていないのに……」

「たとえそうでも！　きっと――きっとなんとかできるから……。だから、泣かないで」

「うん……」

細い体を腕で包みながら、オリアナはメイジーにそう囁き続けることしかできなかった。

その日の昼過ぎ、オリアナは渡されたメイド服を持ったまま、住んでいるコンスレール宮とは違う後宮の一番端にある塔の階段を、こつこつと足音を立てながら上っていた。

昼になったので草引きから解放され、メイジーとは昼食で別れた。とはいえ、頭に浮かんでくるのは、先ほどの彼女の言葉ばかりだ。

『もし本当にご懐妊で、正室の后に選ばれたりでもしたら！　権力を使って私たち下位の妃なんてみんな追い出されてしまうのに決まっているわ……』

メイジーを励ますためにあの場で『なんとかできる』とは言ってみたものの、具体的にはどうすればいいのか。

「うーん、メイジーは家族の期待を一身に背負って後宮に来たようだし……」

オリアナよりずっと裕福だが、同じように都から遠く離れた地方の男爵家。その令嬢が突然後宮へ行くことになり、王の寵愛を賜るかもしれない身分になったのだ。家族と領民の期待は、半端なものではなかっただろう。

（家族に顔向けできないと泣いている彼女の気持ちはわかるから、なんとかしてあげたいけれど……）

いや、彼女のためだけではない。メイジーが追い出されるのなら、それは先ほどそばにいて、同じようにライオネルへのお目通りが叶っていないオリアナも一緒だ。

「故郷の子爵様に相談してみるとか？」

オリアナがここに来ることになったきっかけの命を受けた子爵家当主の顔を思い浮かべてみる。息子のセイジュと同じく、真面目で穏やかな性格の人だ。真剣に考えてはくれるだろうが、中央の大貴族であるエメルランドル公爵家の令嬢が相手ではどうすることもできないだろう。

「だとしたら、後宮長様とか？」

呟きながら、さらにかつんかつんと塔への階段を上っていく。

いや、彼女は後宮内の揉め事を捌くのには長けていそうだが、グレイシアが懐妊してもし后となれば、自分より上の者を止める力はないに違いない。

「そうなると――あとは、グレイシア様のお父様に嘆願してみるか、ライオネル様に直接お願いするしかないけれど……」

かつんと音を立てて階段を上りきった最上階には四方にくり抜かれた窓とバルコニーがあり、開けた視界からはこのリージェンク・リル・フィール王国の王宮の全貌が、青い空の下に広がっている。

ドーム型宮殿が建ち並ぶ間から、さあっと爽やかな夏の風が吹き、オリアナのミルキーベージュの髪を揺らしていく。草引きで汗をかいた体には、風の涼やかさが気持ちいい。

紫色の瞳に映っているのは、緑に囲まれた広大な王宮の中でも、中央にあるエクナル宮だ。金の屋根には太古の時代この国にいたという火・水・土・風・光・闇の精霊たちの紋様が彫られ、そのことから一般的には、六精宮と呼ばれている。その名の通り、今も紋様は太陽の光に輝き、王が住む宮殿に祝福を与えている。

振り返れば、後ろには広大な後宮が見える。強い精霊の力を持つ妃が入るリーフル宮、フレアル宮、アクアル宮など六つの宮殿と、次いで有力な妃たちの住まい、そしてオリアナたち末端の側妃たちが暮らすコンスレール宮やメイドたちの仕事場など二十以上が放射線状に広がっている。

目を戻すと、六精宮を視線の先に捉えたまま、こつこつと足音を立ててオリアナはバルコニーの端まで近寄った。

「ないわねー、方法が」

とんと、花々が彫られたアイボリー色の柵のそばに立つ。

もしオリアナがグレイシアの父親に仲介を頼んだとしても、大貴族の公爵が地方の貧乏男爵家出身である側妃の願いを叶えるとは限らない。

いや、グレイシアの後宮入りを幼い頃から望み、強引に進めたのは、その父親であるエメルランドル公爵だとも噂されている。

ならば、娘以外の後宮の妃など、ただの邪魔者。ひとりでも減り、娘の権勢を確かなものにできるのなら、それに越したことはないだろう。

さらっと明るいミルキーベージュの髪をかき上げると、空から流れる風の中に散っていく。

「だとしたら、あとはライオネル様が最後の頼みの綱だけれど……」

そもそも後宮に来ない相手に、どうやって頼めばいいというのか——。

はああと思わず溜め息が出てしまった。

「これは……詰んだかしら？」

もしライオネルに子ができたのならば喜ばしいことだ。祝ってあげるべきだし、それが側妃である自らの務めともわかっている。

（——だけど）

六精宮を見ていると、どうしても割り切れないのだ。

（せっかく、ここまで来たのに……）

十年。思い続けて、やっとこんなに近くまで来た。昨夜など、扉一枚の距離に接近していたのだ。

「でも——後宮を出されたら、きっともうお目にはかかれないわよね？」

後宮を出される女性の行く末の定番は、家臣への下賜だ。実家に帰されるのは、なにかその妃によほどの失態があったか、もしくは後宮勤めができないほど体調を崩して、特別に退出が許された時のみ。たいていは、王の温情として、功臣に下賜される道を辿る。

「相手が、妻が働くことに寛容な男性ならいいけれど……」

一夫多妻制の国で、血統を重んじる家柄の男性に下賜されれば、正直あまり期待はできない。

青空の下で風に靡く髪を押さえ、思わず笑いながら言葉が飛び出してしまった。

「こればかりは、どうにもならないわよねー！」

もし下賜されることになった場合、残された方法があるとすれば、それは一緒に話していたオリアナがメイジーの分の罰も引き受けるくらいだ。それでメイジーが後宮に残してもらえるとは思えないが、先ほどなんとかなると励ました分くらいの責任は取れるだろう。少なくとも、挙げられるだろう候補の中で、一番悪い嫁ぎ先は回避できるはずだ。親族に多少の言い訳も立つに違いない。

「会いたかったな、ライオネル様」

ずっと——ずっと十年間、もう一度会って話せるのを心の支えにしてきた。

でも、もう二度と会えないのかもしれない。

後宮に来てから半年。いつかは直接会えるかも。ほんの一瞬でも、待ち望んでいたように話せるかもしれない。そう思い続けてきたが、どうやら、もうその望みはないようだ。

「それなら——」

柵に手をかけ、下を覗き見る。

高い。きっと地面に叩きつけられれば、一瞬で死ぬだろう。

（でも——）

視線を上げ、後宮の周囲を取り囲む塀の向こうを見つめる。

六精宮の金に輝く屋根が、青空の下で目映い光を放っている。まるで、昨夜見たライオネルの髪のように――。

「それなら、最後くらいはやりたいことをしてもいいわよね？」

どうせ、もうすぐ後宮を追い出されるかもしれないのだ。それならばと、柵を握りしめ、ぐっと身を乗り出す。

「せっかくここまで来たのですもの。したいことをやらせてもらうわ！」

そして、ぱっと柵を乗り越えた。

そのままオリアナの体は、後宮を囲む壁へ向かって、青い空の下を落ちていったのだ。

第二章　再会は偽りの姿で

立った姿勢で落下していくオリアナの体の横を、風が縦に流れるのを感じる。

思い切りバルコニーから蹴って飛び出したおかげで、落ちていく先に窓から伸びる装飾や引っかかりそうな木の枝はない。

「もう少し……」

体にぐっと意識を集中する。

横を流れていく風を自分の下に動かして乗ろうとするが、なかなかうまくいかない。

少しだけ下に来てくれた風に足が乗り、わずかに前に進んだ。

「よし！」

少し進んだおかげで、後宮を囲む煉瓦の塀は今、体の真下だ。まだ落下し続けている中、だんだんと近付いてきた塀を見つめる。

「たしか、塀に上ろうとしたり、扉を許可なく出入りしたりすれば重罪だったわよね？」

うっかり塀の上に落ちれば、なんと言われることか——。

それだけは避けなければ。もう一歩分前に出たいと思ったが、進もうとしている今も、耳のそばでは縦向きに風が流れていく。

体の落ちていくスピードが止まらないのだ。

「ちょっ、ちょっと待って！」

まずい！　このままでは塀に激突してしまう。

そうなれば、オリアナが死罪なのはともかく、家族にどんな罪が降りかかるか——。

「あーもう！　こんなことなら、ルース先生に言われた通り、どこかで少しでも勉強しておけばよかった！」

子爵家の片隅にあるルースの部屋で、教えてくれた言葉を思い出す。

『風の精霊の強力な使い手は少ない。浮遊術が少しでも使えるのならば、そちらをきちんと学んでおいた方が、お前が希望しているように陛下のそばで働けるチャンスは増えるぞ』

（それならばと乗り気になったのに——！）

使い手が少ないということは、即ち先生も少なかった。教師候補をまったく見つけられず悶絶したのは、遠い昔の話だ。

家族でも、オリアナと同じ浮遊術の力は発現していない。ましてや強力な術者となると、都に行かなくては学べず、家計を火の車にする旅費や生活費など頼めるはずもなかった。

だから、独学でできる範囲で使っていたのだが——。

意識して、空気を足の下で皿のように固められないかやってみる。

バランスが悪い。どうにか皿型に回る空気に足を乗せられ、三歩分前に出て塀を越えることができた。そのまま支えようとしても風の勢いが足りず、どんどん体は地上に向かって下がっていく。

王宮の庭に生えている木の枝がもう体の真ん前だ。避けようと後ろにのけぞれば、背中が今飛び越えた煉瓦の塀にあたってしまう。

「なるようになれ！」

落下の衝撃でがさがさという音を響かせながら、前屈みの姿勢で、細かい梢を揺らしていく。

髪が枝に引っ張られて痛いが、頭や手に梢があたった衝撃で、降下の勢いが落ちたのだろう。

たんと音がして膝が着けば、下にあるのは、芝生の茂る緑の地面だった。

「やったわ……！」

そばにある後宮の高い塀を見上げ、拳を握りしめる。

（脱出成功！）

体や髪についていた木の葉を、ぱっぱっと払って整える。

その時、声が聞こえた。庭の先から黒の制服を纏ったふたりの衛兵たちが歩いてきたのだ。

（いけない！　こんなところにいるのを、もし後宮に知らされたら……！）

せっかくここまで頑張ったのに、すぐに連れ戻されかねない。

ハッとそばの太いポプラの幹に隠れた。息を殺しながら眺めたが、どうやら緑に包まれた道の先にいるふたりの衛兵たちは、不審な物音の原因を探っているようだ。

「さっき絶対になにか大きな音がしたって」

「気のせいじゃないのか？　こんな後宮のすぐそばに入り込むような賊なんていないだろう」

「でも、万が一、後宮に忍び込もうとする不埒な男がいるのだったら大変だろう？　この前だって、酔っ払った男が後宮の女性をひと目見られないかと、木に登ろうとしていたらしいし」

どうやら、後宮目当てに来た男がいないかと探しているようだ。

（なるほど）

今の会話からすると、オリアナがしていることは、彼らの予想と真逆みたいだ。

（ならば）

ふむと少し頬に指をあてて考え込んだ。

そして、先ほど受け取ったまま手に持っていたメイド服を見下ろす。

（なにかの役に立つかと思って、そのまま抱えてきたけれど……）

これは、今ちょうどいいかもしれない。幸い、身につけているのは夏用の薄いレース地で作られた飾りのない真っ直ぐなラインのドレスだ。

少々ごわごわするかもしれないが、せっかくここまで来たのだ。試せるチャンスがあるのならば、なんだってやってみるべきだろう。

そう決意すると、髪を結っていた長い飾り紐を解き、着ていたドレスを腰のところで少し折り曲げてから縛り、裾を上げた。

手早く行い、持っていたメイド服をその上からばさっとかぶる。

紺色の動きやすいデザインだ。服の丈も足首よりちょっと上くらいだし、下に着ているせいで少々ごわついた腰回りも、メイド服と一緒に折り畳まれていた白いエプロンを着ければ綺麗に隠せる。

垂れ下がった髪の一部を束ねていた紐を腰紐として使ったので、解かれた髪が後ろでさらりと揺れている。枝に引っかかったせいで乱れた髪を、頭頂部を纏めていたもう一本の紐でさっとハーフアップに結い直した。ついでに上に留めていた髪飾りも外せば、召し使いに見えないこともないはずだ。

そのまま、落ちたポプラの細い一枝を取って、蝉の鳴く中をしずしずと道に向かって歩きだす。まるで、その大きな葉を花瓶に生けるために採りに来たかのように。

突然、緑のポプラの陰から現れたので驚いたのだろう。ふたりの衛兵は、オリアナの姿をぽかんと見つめている。

たしかに、こんな人気のないところに突然メイドが現れれば、驚くのも無理はない。

とはいえ——衛兵たちの前に近付いていく、オリアナの心臓はばくばくだ。

（どうか、ばれて今すぐ帰れと言われませんように！）

もう少し。この場さえばれずに乗り切れれば。

だから、オリアナはことさら笑顔で衛兵たちを見つめた。

「お役目ご苦労様です」

正体を疑われないように、にっこりと王宮の礼に則って会釈する。その様子にふたりが、ハッと姿勢を正した。

「あ、ああ……。失礼しました！　あのこちらには、なんのご用件で――」

「ええ。少しポプラの枝を採ってくるようにと頼まれまして」

苦しい言い訳だ。しかし、ちょっと持ち上げてみせると、片方の衛兵はメイド服の袖に視線をやり、突然目を見開いた。そして、同僚とふた言三言囁き交わす。

「失礼しました！　その模様を許された方とは知らず――どうかお通りくださいませ！」

（模様？）

なんのことだかわからなかったが、このチャンスを逃すつもりはない。

「ありがとうございます」

敬礼をしている姿に、明るく礼を言って微笑みかける。すると、なぜかふたりの衛兵たちの顔は、一瞬でぽっと赤くなった。

理由がわからないが、そのままポプラが並ぶ道の端まで歩き、建物の角を曲がってから、一度後ろを振り返った。

（よかった！　ばれなかった！）

誰も見ていないのを確かめてから、そのまま人気のない奥の庭を走り抜ける。

これでやっと近くに行くことができるのだ。

（最後かもしれないのなら、どうせだし、楽しまないと！）

そう心で呟くと、オリアナは六精宮に向かって全力で走り始めた。


六精宮は中心にある建物にふさわしく、多くの貴族たちが出入りをしていた。

このリージェンク・リル・フィール王国の王が住む宮殿なのだ。六精宮の名前の通り、廊下の壁には火、水、土、風、光や闇といった精霊たちの姿が浮き彫りで描かれ、この国の者たちを守るように眺めている。

その彫像たちの視線を受けながら、オリアナはうきうきとした気分で歩いていた。

何度もルースの授業で聞いた王宮の配置図の通りだ。ルースは、もともとは王宮で仕える有名な高官だったおかげで、セイジュと一緒に学んでいたオリアナもこの王宮の図面はばっちりだ。

（あああ！　あんなに夢見た場所を歩いているなんて！）

喜びで天にも昇りそうな心地だ。持っているバケツを思わずぶんぶんと振り回しそうになって、慌ててこぼれかけた水を守った。

（いけない、いけない。せっかくメイド部屋に入って、仕事を分けてもらったのに）

これでは、仕事を振ってくれた気のいいメイドに迷惑をかけてしまう。

制服を着ているのをこれ幸いと、素知らぬ振りをして、かつて図面で見たメイド部屋へと入り申し出てみたのだが——。

『手が空いています！　なにかお手伝いをすることはありませんか？』

明るい声でそう告げながら扉を開けると、案の定メイドのひとりと思ってくれたのだろう。

『新入りかい？　こちらは初めて？』

『はい。今までは違う宮殿にいましたが、今日はこちらをお手伝いするようにと命じられました！』

嘘は言っていない——半分だけは。

強いて言うなら、命じたのがオリアナの願望というくらいだろうか。

『それなら、掃除をお願いしようかしら？　背が高いから、窓拭きを手伝ってくれたら助かるわ』

『はいっ、喜んで！』

うきうきと返事をすると、快くバケツと雑巾を貸してくれた。

窓拭きならば、お手の物だ。もともとメイドもいない男爵家で生まれ育ったおかげで、家中の掃除はベテランの域だ。特に成長してからは、母よりも上背のあるオリアナが高い窓を拭くことが多かったので慣れている。

窓の外に広がる青い空を見上げながら、ふんふんと鼻歌を歌いたくなってしまう。

(綺麗な青空……)

この窓を美しく磨いたら、ライオネルが通りかかった時に空の青さを見上げてくれるかもしれない。忙しい時は少しでも気分が和むだろうし、疲れた時には、日差しの明るさでわずかでも心が癒やされるかもしれない。

そう思えば、このガラスの一枚一枚を磨いていることで、ライオネルのために働いていると実感できる。

(いいなあ、こういうの)

やはり、自分はライオネルのために働きたいのだ。たとえそれが掃除役でも、荷物持ちでもかまわない。少しでも役に立って、あの日の恩を返せるのならば。

磨きながらふと見上げたガラスの向こうの空にオリアナは、幼いライオネルの姿を、大切な記憶を取り出すように思い浮かべた。

初めて会ったのは十年前、オリアナが九歳の時だった。

都からの視察が来るということで、小さな村は数日前からあちこち必死で掃除をしていた。

貧しいのは仕方がないが、汚い村とは思われたくない。

村民一同の願いで、村の広場や視察がある牧場の周辺では、道の脇に生えた雑草などが綺麗に刈り取られ、小さいがさっぱりした村として、中央から来るという王太子殿下を男爵家の門前で出迎えたのだ。

『ようこそお越しくださいました』

父が恭しく挨拶をする。

（あれ？）

しかし、馬車から降りてきた少年の姿を見てオリアナは目を丸くした。

出てきたのは、銀色の美しい髪を太陽の光に輝かせた十三歳くらいの子供だ。王太子は十八歳の青年だと聞いていたのにしては、妙に幼い。

その瞳は、青い空の下でもまるで黒曜石のように美しいが、伝え聞いていた王太子は、たしか琥珀色の瞳だったはずだ。髪の色も黒という噂だったのに、まるで違うではないか。

さすがに父も戸惑ったのだろう。

『あの――』

『ああ、こちらは国王陛下の二番目のご子息であるライオネル殿下でございます』

『そうですか』

知らせでは、王太子の視察と聞いていたのに二番目の王子が来ることになるとは思わなかった。聞いた父も、ぱちぱちと目を瞬いている。

その様子に、素早く侍従が父に何事か耳打ちをした。ふたりの表情にライオネルが、すっと瞼を下げる。

『――こんな小さな村、兄上がわざわざ来るまでもないだろう。俺で十分だ』

(なんですって！　うちが田舎だから、王太子殿下は来る価値もないということ⁉)

いくら田舎とはいえ、あまりにも馬鹿にしすぎではないか。この国の民として、みんなで心をこめて掃除をし、王太子殿下を迎えようとしていたのに。腹の底から怒りがこみ上げてくるが、侍従から顔を離した父はなぜかにこにことしている。

『そうですか。では、こちらへどうぞ』

お茶の用意をしてありますと、手で示しながら庭先に作ったテーブルへと王子を案内していく。このテーブルも椅子も、小さな家の中ではお付きの人たちまでもてなすのには狭いからと、急遽用意をしたものだ。

(きっと、この支度も王子殿下からしたら、みすぼらしいのでしょうけれど……)

そう思うと、朝早くから母と頑張って焼いたお茶菓子のマカロンだって、渡すのをためらってしまう。

それでも、お茶を出した母の眼差しに促されるようにして、色とりどりのマカロンをライオネルとお付きの人たちの前に出した。

『どうぞ、母と作ったものですが』

『ああ。マカロンか』

ひと口だけ茶を飲み、王子はピンクのマカロンを摘まんだ。だが、すぐに父へと向き直る。

『もてなしには感謝する。だが、時間があまりない。早速、視察に向かいたいのだが――』

（そうよね。王子殿下からしたら、こんなの食べ慣れたものでしょうし）

わかってはいるが、朝から頑張って作っただけに少しだけ拗ねた気分になってしまう。

美味しくたくさん食べてもらいたいと、母と願っていたのに――。

なんとなく憮然とした気持ちで、牧場へ向かう父と兄の後についていった。

小さな村だが、山野は伸び伸びとしている。

木を刈り取って作った広い山裾の牧場で、馬が自由に走り回っている様は壮観だ。村でも数少ない貴重な収入源だから、村人も馬の世話に何人か働いてくれている。彼らと父から説明を受けているライオネルは晴れ晴れとはいかないが、先ほどよりは興味のある顔だ。

『素晴らしい脚を持った馬が多いな。少々の山道などなんでもないかのように疾走している』

『それがこの村の馬の自慢でして。よく軍の方からも、機動力が高いとお褒めをいただいております』

（意外だわ、あんな目もするのね……）

馬を眺めている様子は、さすがは男の子だ。どこか、オリアナの兄が馬を見る時の眼差しに似ている。

（なによ、この村には来る価値もないと言ったくせに！）

殿下にご覧いただくようにと連れてこられた馬たちのうちの一頭の手綱を手に巻きながら、

つい ぷんと頬を膨らませていく。その横で、馬がヒヒンと小さく鳴いた。

『ああ、ごめん。走るのが好きなお前には退屈よね?』

慰めるように馬の鼻面を撫でてやる。この馬は、オリアナと同じく普段から動くのが大好きな性格だ。きっとこんな儀礼的な場は退屈なのだろう。

『ごめんね、もう少しで終わるから』

優しく馬の手綱を引いて、耳の後ろをかいてやれば、気持ちよさそうに茶色い目を細めている。

『王子様!』

村に王太子殿下が来ると聞いていたので、歓迎のために村の子供たちが花束を持ってきたのだろう。

『ようこそ、この村にお越しくださいました!』

『王太子殿下がおいでくださって、私たちもすごく嬉しいです!』

王太子殿下ではないのだけれどね——と、つい苦笑いを浮かべる。

(ここに来る価値もないと思われていると知ったら、どんなにショックを受けてしまうか)

せめて、なにも言わず花束を受け取ってほしいと祈るように目を伏せた。その前でライオネルはゆっくりと身を屈めた。

『ありがとう』

（え？）

驚く間にも、ライオネルは微笑みながら、村の幼い子供たちが差し出した黄色い花束を受け取っていくではないか。

『兄上――王太子殿下は来られないんだ。でも、弟の俺から、君たちのことはちゃんと伝えておくから』

『はい！　ありがとうございます！』

（あれ？　さっきと同一人物？）

なぜだろう。先ほどの印象とひどく違うような気がする。てっきり、この村を軽視しているのかと思っていたのに、とオリアナはぱちぱちと目を瞬いてしまう。

しかし、その時、子供たちが持ってきた花束の匂いに誘われたのか。近くを飛んでいた蜂が、ライオネルと花束を持つ少女の手元に近寄ってきた。

『あ、こら』

慌ててオリアナの兄が手で払ったが、その方向がまずかった。蜂は真っ直ぐにオリアナの方へ向かってくると、そのまま隠れる場所を見つけたように、馬の耳の中へと入ってしまったのだ。

ヒヒヒヒーン！

凄まじい嘶きがそばで頭を下げていた馬からもたらされた。

『え⁉』

驚いて手綱を離す暇もない。

そのまま馬は、耳の中で飛び回っている蜂に驚いたかのように脚を振り上げると、遮二無二、山野を駆け始めたではないか。

『きゃあああああっ！』

持っていた手綱を離すことすらできない。右腕に巻いていたせいで、完全に絡んで、オリアナの体を引きずっていくのだ。

『オリアナ⁉』

『お嬢様⁉』

家族と村人たちが叫んでいる声が聞こえた。

『た、助け……て……』

必死に呟く間も、引きずられていく体に細かな石がごんごんとあたる。

だんと衝撃が走った。きっと土に埋もれていた岩に左の横腹があたったのだろう。

――痛い。

馬に全身を引きずられていくせいで、肌が剥きだしになっている膝下は、一瞬で擦り傷だらけだ。

『誰か！　すぐに、馬を！』

後ろで叫んでいる声が聞こえるが、その間も馬は耳に入った蜂からなんとか逃げようと山に向かってひたすら走っていく。

動かそうとした左手が、大きな切り株にあたったのがわかった。

思わず叫びが漏れた。

せめて両手で手綱を掴めないかと思ったが、気が付けば、左腕の感覚がなくなり動かせなくなっている。骨折してしまったのかもしれない。

脳裏で、昔父に聞いた馬に引きずられた男の話を思い出す。あれは、過去にあった処刑の話だったが、今のオリアナの状況はまさにそのままではないか。

（私……死ぬの？　このまま？）

背中に衝撃が走り、山道に転がる岩のあたった感触がした。

痛い。普段は泣くなんて滅多にしないのに、今は眦から涙がぽろぽろとこぼれてくる。

『いやっ……！　死にたくない！』

なんとかして少しでも体を浮かせ、引きずられる衝撃を軽くしようとするのに、地面に触れている足や手はもう土だらけだ。

涙が真珠のようにこぼれ落ちた。馬の巻き上げる土埃で、視界がよく見えない。

『――助けて……お父様、お母様……』

手綱が絡んで強く巻きついているせいか、右腕にはもう感覚すらない。ただ、奇妙な形で引っ張られている肩が凄まじい痛みを訴えた。まるで関節が外れていくかのような――。

右手も左手も使えなくなれば、あとはもう馬が落ちつくまで引きずられるだけだ。

『いやっ……！』

脳裏で死の恐怖が明滅した。動かせない手と足には、こびりついた砂とぬめった生温かい感触がする。体から流れ出た血がどれだけの土を体に張りつかせているのか――。

よく見えない視界の中で、土埃と鉄錆のような匂いだけが鼻腔を掠めていく。

意識が朦朧としてきた時だった。カッカッカッという馬の鋭い蹄の音が、後ろから急いで近付いてきたのは。横に影が並んだかと思うと、急に体の周りが熱くなった。

ハッと目を開けば、馬に乗って横を走っているライオネルが手を伸ばし、オリアナの暴走している馬の前方を凄まじい炎で包んでいくではないか。

『大丈夫か!?』

『で、殿下……』

だが、突然視界に広がった炎に驚いたのだろう。ヒヒンという嘶きとともに、オリアナを引っ張っている馬が前足を高く振り上げた。

『きゃあっ！』

腕が絡まったまま、手綱ごと体が空中に放り投げられる。

このままでは地面に叩きつけられる。両目を固く閉じて体を強張らせた。

その瞬間、ひゅんという音に目を開けば、炎の弾が手綱にあたり、その紐を焼き切っていく。

『えっ……』

驚く間にも、オリアナの体は投げ出された空中から馬で駆け寄ってきたライオネルの腕へと受け止められていくではないか。

ギュッと温かい腕が体を抱きしめるのを感じた。

『もう大丈夫だ』

腕の中にいるオリアナに向かい、ホッとしたように笑うライオネルの銀色の髪は、青い空に輝く太陽を背にしたせいで、眩しいほどの金色に輝いている。

陽光の中で力強く笑う姿に、一瞬目を奪われた。

『ライオネル、殿下……』

ありがとうございますと言おうとしたのに。なぜか目の前は急速に暗くなっていく。

『おい！　しっかりしろ！』

助けてくれたお礼を伝えたいのに、なぜか唇が動かない。そして、そのままオリアナの意識は闇に呑み込まれてしまったのだ。

それからどうなったのか――。

気が付いたのは、三日も後のことだった。

自室の白いシーツの上で目を覚ました時、父と母は泣きながらオリアナを抱きしめてくれた。

兄とまだ幼い妹も駆け寄ってきて、部屋中が涙の大合唱になったものだ。

やっと落ちついて左手を見てみれば、腕には白い包帯が巻かれていた。右肩にも何重にも包帯が巻かれ、まだ動かすと痛いが、どうやら脱臼と骨折は回避できたらしい。

『私……助かったの……？』

まだどこか信じられない気持ちで呟けば、そばで座っていた父が涙目で頷きながら教えてくれた。

『ライオネル殿下がすぐにそばにいた馬で追いかけて、火の精霊を使ってお前を助けてくださったんだよ』

（――ライオネル殿下が！）

脳裏に甦ってきた記憶に、息を呑む。

では、あれは夢ではなかったのだ。死を覚悟した瞬間、駆け寄って伸ばしてくれたあの腕は。

オリアナと四つしか違わないのに、あの瞬間誰よりも逞しく感じられた。

『私――お礼を言わないと！』

意識を失ってしまったせいで、まだありがとうさえ言っていない。

慌てて両足で起き上がろうとした刹那、鋭い痛みが走った。見れば、両方の足は包帯だらけだ。

それでも立てないかと動こうとすると、父が優しく肩に手を置いて止めた。

『ライオネル殿下は、もう次の視察地に向かわれたよ。もともと兄君の王太子殿下が回られるはずだったんだが、生まれつき心臓が悪いらしくてね――。今回も他の視察を一日遅らせてまで快復を待たれたそうなんだが、熱が下がらなくて。急遽、第二王子のライオネル殿下が回られる話になったらしい』

そんなこと知らなかった。父が侍従からあの時聞いたのは、これだったのだ。

『では、殿下が、兄上が来るまでもないと言っていたのは――』

『お付きの者たちが、無理やり頼み込んでの代役だったと聞いたから、きっとそれを気にされてあんな言い方をされたんだろうね。王太子様は、弟君や周囲にかなり申し訳ない顔をされておられたそうだから』

『それでは――うちに来るのが嫌だからではなかったの……？』

『まさか。殿下は、最後にお前たちが作ってくれたマカロンがとても美味しかった。兄上に食べてもらえなくて申し訳ないから、土産として持ち帰ってもいいだろうかと尋ねてくれたんだよ』

（――そんなこと）

ベッドに横たわったまま、涙がこぼれてきそうになってしまう。

（知らなかった）

なぜあの時ひとつしか食べなかったのか。どうして、来た時にあんなことを言ったのか。

（それなのに、私ったら勝手に拗ねて……）

膨れっ面をしていたのに、ライオネルは必死でオリアナを助けてくれた。

『私――殿下にお礼が言いたい……』

もう一度会えたら。

助けてくれたこの命で、いつかライオネルに恩を返したい。そばで働き、少しでもライオネルにこの感謝の気持ちを伝えることができれば――。

どれほど嬉しいだろうと、オリアナは窓の外に広がる青空を見つめながら思った。


綺麗に磨いたガラスの窓を見上げながら、懐かしい記憶を思い返す。

あれから、いつかライオネルのそばで働けるようにと勉強を頑張るようになった。中央に行く機会も碌にない名ばかりの男爵家だ。

だが、いつか官吏としての試験に受かり、末端でもライオネルのそばで働きたい。そして、胸を張ってあの時のお礼を伝えたいと、願い続けてきたのだ。

（まあ、予想外に後宮へ入ることになったけれど――）

自分のことながら、ふうと肩を竦めてしまう。やはり、後宮なんて不似合いだったのだ。

（そうよ、最初から妃になりたかったわけではないんだし――）

もし後宮を出されることになったら、下賜される相手の男性には、形だけの妻にしてもらえないかとお願いしてみよう。もちろん、変な顔をされるだろうが、もしメイジーの責任も取って女癖の悪い男を選ばれれば、押しつけられた妻など遊ぶ邪魔だから、家を留守にする宮廷への勤務は歓迎する話になるはずだ。

もしくは、後宮を出される時に顔に傷でも作っておけば、とても女として抱く気にはなれないだろう。それなら、仕事での別居は相手としても世間の非難を受けずに済むいい提案になるはずだ。

「よし！」

これならば、メイジーに最悪の縁談を回避でき、かつオリアナの初心も達成される。

「悪くないわ！」

そうだ。人生どんな時だって、意外な展開になることはある。

あの事故で、オリアナに少しだけ体を浮かせる能力が目覚めたように。後からわかったその力のおかげで、ライオネルが助けに来てくれるまでの間、致命傷となるほどの裂傷を負わず、骨折や痕が残るほどのひどい怪我も回避できた。

（まあ、そんな私が、今さら顔に傷を作るのもなんなのだけれど……）

自分自身の望みを叶えるためだ。言ってしまえば、騎士が研鑽を積むために、訓練でついた傷と同じ。そう考えれば、つけた傷もこれからの人生で誇りとなっていくに違いない。

うん、これでなんとかなると両手を握りしめた。

その時だった。

「そこのあなた」

後ろからかけられた声にびくっと振り返る。

見れば、官吏の服を着た女性が鋭くこちらを見つめているではないか。

「見かけない顔ね。それに着ているメイド服のデザインが少し違うようだけれど――」

(――ばれた?)

突然の指摘に、オリアナは窓のそばで雑巾を握りしめたまま、位階のバッチでわかった事務政官、エステルをジッと見つめた。

こつ、こつ、こつと歩いてくる足音が響く。

青みがかった灰色の髪のエステルが纏っているのは、制服の中でも下の者を束ねる立場を示す濃藍色だ。王の側近を示す金のラインが襟元で輝き、後ろに髪を纏めたすっきりとした立ち姿と合わせて、凛とした印象を放っている。

眼鏡の奥で輝く榛《はしばみ》色の瞳が、立っているオリアナをジッと見つめた。

「やはり、見覚えのない顔ね」

こちらを見つめてくる眼差しは、明らかにオリアナを疑っている。

(わわわわっ!　まずい!)

せっかく、長年夢見たお仕事生活を楽しんでいたのに。ここで後宮に連れ戻されては、元の木阿弥ではないか。

（せめて、夕暮れまでは堪能したいのに！）

せっかくなら、六精宮中のガラスをピカピカにしてあげたい。オリアナが磨いたとわからなくても、それでライオネルが少しでも白い雲や、雨の向こうにかかる虹を美しく見上げてくれたら満足なのだ。

だから、エステルの鋭い眼差しにごくっと息を呑んだ。

——どうすれば、この時間をもう少し楽しめるのか。

こつ、とエステルの靴音が近付いてくる。真っ直ぐに背筋が伸びた綺麗な姿勢だ。

王のそばに仕えるのには、こんな風に立たなければいけないのねと、状況が状況なのに、なんだか感嘆した気持ちになってくる。

そして、慌てて身を屈めた。危ない。今は一介のメイドの姿なのだ。疑われないようにしなければ——。

「あなた、どこのご出身？」

（うーん、威厳のある尋ね方だ。心にメモを取っておこう）

いつかライオネルのそばで仕える日のために、と思ったところで、首を傾げたエステルに慌てて答えた。

「は……はい！　フォルウェインズです！」

「フォルウェインズ――」

一瞬驚いた表情を見ると、どうやらエステルはこれが辺境とはいえ男爵家の名前だと知っていたらしい。

「貴族の出身ならば、どうしてこちらで働いているの？　それに、身につけているメイド服も、王宮で支給されるものとは少し違っているし」

なぜか余計に探るような眼差しになっていく。

鋭い視線のまま、エステルはくいっと自分の袖を上げてみせた。その袖口は金のラインこそ入っているが、シンプルな濃藍色だ。

促されるようなその仕草に、オリアナも同じように紺の袖を上げてみる。

「あっ！」

よく見れば、袖の内側に、仕事の邪魔にならないほどの小さなレースがついているではないか。紺に白でとてもエレガントだが、こんなメイド服は見たことがないような気がする。

（うわーっ！　まずい！　ひょっとして、偽物のメイドだとばれている？）

ジッと見つめてくる眼差しに、袖を摘まんでしどろもどろになってしまう。

「これはえーっと……。前に働いていた先でいただいたものでして。それで、今日は普段の場所が暇なので、こちらへお掃除のお手伝いを志願しに参りました！」

うん、嘘は言っていない。

「働いていた先？」

しかし、エステルの目は、さらに訝げになっていく。場合によっては、どこかの国や貴族からの間者かと思われたのかもしれないが。

（まずいまずい！　どうしたらいいのかしら）

なにか方法があるはずだ。ここを切り抜けるためにと、焦ったオリアナが身動きしてレースのついた左腕の角度を少し変えた時だった。

エステルの目がハッと開かれる。

そして、左腕をぱっと掴まれた。

「これは――」

「え？」

エステルの眼差しにその視線の先を眺めれば、手首のそばに、紺地に金色の糸で見事な薔薇の蕾が刺繍されているではないか。

ジッとエステルの榛色の瞳がオリアナを見つめた。

「では、あなたが以前働いていたというのは、グレイシア様のところなのね。グレイシア様から、この服をいただいたということ？」

「はい、そうです」

こくこくと頷く。

――あれをいただいたと言うのならば。

メイジーは受け取った瞬間、地面に叩きつけていたが。

思い出しながら答えると、厳しかったエステルの目がジッとオリアナを見つめた。しばらく考え込み、やがてふっと緩む。

「グレイシア様が手ずから作られた服を賜ったのなら、あなたはそこでさぞや立派な働きをしたのでしょう」

「へ？」

「グレイシア様に仕える侍女たちから聞いています。グレイシア様は、特に気に入った働きをした者には、自ら作られた薔薇の蕾の刺繍がある服を下賜されると。あなたの仕事ぶりは、きっと素晴らしいものだったのでしょう」

いやいや、草引きをしただけですが――と顔に汗が吹き出てきそうになってしまう。思わず耳を疑ったが、まさかの情報だ。ひょっとして、あの態度で自分たちの仕事ぶりを気に入ってくれていたのだろうか？

いや、そもそもこの服って手作りなのかということも尋ねてみたい。

（うーん、エメルランドル公爵家も謎だわ……）

考えたくないが、言われた嫌みが多いほど、お気に入りの印とか？　だとしたら、皆さん胃薬とお友達になるか、必死で言葉の裏を探って意味を掘るしかないだろう。

（あ、だから土の精霊なのね）

きっと、土の精霊だけあって、あちこち掘るのが好きなのだろう。それで、人にまで言葉の意味を掘らせて、まあばれたわときゃっきゃっとしているのなら、これはこれで微笑ましいのかもしれない。他家には嫌みにしか聞こえなくても。

「でも、それなら任せても大丈夫そうね？」

うーんと、想像した内容に腕を組んで考え込んでしまった時だった。

「ちょうどよかったわ。これを陛下の部屋に届ける人手が欲しかったの」

「え？」

渡されたのは、ずしっとした書類の束だ。

「あなたは背が高いから、ふらつかずに持てそうね。一緒に行くから、後についてきなさい」

後ろにあったカートから、さらにどさっと胸近くの高さまで冊子を積まれる。

重くて、たしかに小柄なメイドではきつそうだ。だけど、オリアナが目を白黒とさせているのは、それが原因ではない。

「え……陛下って……」

（まさか）

「決まっているでしょう？　ライオネル国王陛下よ。急ぎで必要な書類らしいの。だから、早く！」

（えええっ！）

まさか、こんなに突然会えるとは――。

完全に予想外だ。同じだけの冊子を持ったエステルの後ろを歩きながら、思わず息を呑んでしまう。

そのままついていき、長い階段を上れば、廊下の奥に扉が見えてくる。金で扉に描かれているのは、伝説で語り継がれている、この地に来た人間たちとの共存を受け入れたという精霊の長だろうか。長い金色の髪を流した姿が、馬に乗る銀の髪の青年に祝福するかの如く微笑みかけている。

きっとこの青年が、初代の王なのだ。凛々しい面立ちは、昨日扉の隙間から垣間見たライオネルをどこか思い出させるような気がする。

でも、いきなりこの中に本物がいるなんて！

（落ちついて、私！　兄上が手に入れてきてくれた号外に載っていたライオネル様の絵で、散々眺めた顔じゃない！）

それに昨夜も見た。

だから今さらなはずなのに、どうしてこんなにも緊張してしまうのか――。

（だって、生ライオネル様なのよー！　しかも、直接会うことができるって！）

まず、なにをすればいいのか。いや、多分第一に息だ。緊張しすぎて、窒息しそうになっている。

口を開いて息を吸ってみた。大丈夫だ、どうやら喉は詰まっていないらしい。だが、空気は喉を通っていくのに、なぜか心臓はますますばくばくといっている。

ダメだ、緊張しすぎて汗が出てきた。

「なにをしているのです？」

態度がよほど不審だったのだろう。エステルが怪訝そうな顔で振り返った。

「あ、すみません。陛下に会うと思うと緊張して……うまく息ができなかったので、つい深呼吸を」

慌てて答えると、ああとエステルは納得したような顔でにっこりと笑った。

「新人では、よくあることですね。そういう時は、膝を持ち上げて深く息を吸い、横に二歩前に二歩、ゆっくりと吐き出しながら動いてみたらいいんですよ」

「あ、ありがとうございます！」

言われた通り試してみようとして、すぐにあれっと思う。

「あの……これってダンスの呼吸法では……」

「ああ、気付けたのなら平常心に戻りましたね。では、行きましょうか」

待て。なんで緊張を解くのに、そんな方法を案内するのだ。爽やかすぎる笑顔が怖い。

(――この人、さては容赦なく部下を使うのに慣れているわね……)

どんな状況でも、必ず部下を使いこなすという鉄の意志が見て取れる。

それでも、平常心に戻ったおかげで、やっと落ちついて扉を見上げた。

「陛下、頼まれておりました資料をお届けに参りました」

その言葉と同時に、人と精霊を描いた扉が内側に向かって開け放たれていく。

もうこの一瞬だけで、緊張は極限だ。

中を見つめながら、ごくっと息を呑んだ。

（もし……もし、ひと言でも話せるのならば……）

そうだ、落ちつくためにまず目標を定めよう。ライオネルの声を聞く。そしてライオネルとひと言でも話し、あの日のお礼を伝えるチャンスを作る。

（うん、これしかない！）

後宮を抜け出してきている以上、ばれたらすぐに連れ戻されるだろう。さらに、この件でグレイシアの怒りを買って放逐されかねないのだ。だから、正体はばれないように気を付けなければならないが――。

（いつかのチャンスを作っておく！　ダメなら、たっぷりとライオネル様の顔を鑑賞しておく！）

この方向で行こう。そうすれば、いつかはライオネルの近くで働け、疲れた時にはお茶を入れてあげたりできるかもしれない。

開いていく扉を見ながら、自分の望みと煩悩のためにそう決意した時だった。

きいっと開いた扉の先に、長年夢にまで見た人の姿が現れた。

短い銀色の髪。窓からこぼれる日差しにあたって、まるで一本一本が虹のように様々な光を放っている。

（うわあああ！　生ライオネル様だ――！）

号外にあった肖像画でも、扉越しに覗いた姿でもない。

今、同じ空間にいて、同じ空気を吸っている。

「陛下」

先を歩いていたエステルが、すっと膝を屈めた。慌ててその仕草を真似る。

「ご所望された書類をお持ちしました」

「ああ、エステル事務政官か、そこに置いてくれ」

きっとエステルがよく知っている相手だからだろう。顔も上げずにライオネルが部屋の端にある低い机を指で示すと、慣れたようにエステルは運んできた書類をそこに置いていく。

「その分もここに」

「あ、はい」

どうしよう。この書類を置けば、用事が済んで話す機会はなくなってしまう。

せっかく十年ぶりに会えたのだ。

（ひと言でもいい、ライオネル様と話すチャンスを作りたい……！）

この書類の仕分けでも申し出ようか。しかし、部屋の中にいた他の部下たちが素早く近寄ってきて書類を確かめ始めている。

（ダメだ、チャンスがない）

どうしようと、座ったままこちらを見ようともしないライオネルの顔を窺った。

気のせいか少し顔色が悪い。今日は忙しくて、休憩も碌に取っていないのではないだろうか。

今そばにいるオリアナが、十年前に助けて、半年前に後宮に上がった妻のひとりだということも、きっと気が付いていないのだろう。

（どうしたら……）

仕事に集中しているライオネルになにも言えず、ただジッと様子を窺う。

このままでは、すぐに部屋を出ていくしかない。沈黙とともに悩んだ時だった。隣に立っていたエステルが、すっと動き、部屋の端にあったティーポットを手に取っていく。

「陛下お疲れですね。お茶でもいかがですか？」

「いや、今は――」

手元で見ているのは、なにかよほど重要な書簡らしい。真剣に考え込んでいたライオネルが、その声にやっと視線を上げた。

しかし、その返事にエステルは微笑みながら軽く首を横に振る。

「あらあら、陛下。どんなに大変でも、水分は摂れる時に摂れと戦場で学びはしませんでしたか？」

「お前――寛ぎのティータイムを、いきなり補給時間扱いするとは……」

ここは激戦地なのかと顔を引きつらせながら尋ねているが、それにぱっとエステルは片手を挙げた。

「いつでもどこでも戦える態勢！　これこそがまさに人生常勝の極意でございましょう？」

「いや、お前が言うと、なぜか無駄に戦いを推奨しているようにしか聞こえないんだが……」

困惑しているライオネルに、エステルは、あらと感嘆したように笑う。

「必要な戦闘は見極める。さすが陛下です。まさに王者の威厳」

「いや、むしろ俺は、お前がいつか無駄な戦いを呼んできそうで、とても怖い」

「ほほ、なにを言われます。私はいつでも仕えている陛下のお心に沿うようにしておりますのに」

「うん、お前を野放しにすると、この国が大変なことになりそうだからな。絶対にやめさせられない」

そう言いつつもライオネルはカップを持ちながら、おとなしく水分を摂っている。

(すごい！　なんだかんだ言いながら見事にライオネル様を休憩させた)

このあたりの手腕はさすがだ。

（なるほど！　こういうのが、国王陛下のそばで働くのに必要なスキルなのね）

これは心にメモを取っておかねばと思いながら、エステルを見つめ直した時だった。

「父上！」

「え⁉」

突然聞こえてきた声に目を丸くする。見れば、扉を開けて六歳くらいの男の子がひとり、頬を膨らませながら走ってくるではないか。

（え、なにこの子かわいい！　まるで、ライオネル様が幼くなったみたい！）

髪の色は違うが、きっと小さい頃はこんな感じだったはずだ。思わず、きゅんとしながら見つめた。

「父上、聞いて！」

だが、頬をぷくっと膨らませて話しだした男の子の言葉に、突然背中に冷や水をかけられたような気分になってしまう。

（え……？　ライオネル様に子供はいないはずだけれど……）

しかし、駆け寄っていく方向にいるのは、ライオネルとエステルだけだ。

（ってことは、ひょっとして――！）

このシックなドレスを着たエステルが父親⁉　いや、たしかに最近は服装で性別を決めてはいけないが――と焦った時だった。

エステルが口を開く。

「王子様」

その言葉に思い切り、目を開いてしまう。

（えええええっ⁉）

まさかの事態だ。しかし、そういえば先ほどメイジーがグレイシアは懐妊したのではないかと疑っていたではないか。

「で、でも昨日の今日だし……」

いや、あの腹をさすっていたのが、実は妊娠ではなく出産だったのだとしたら、この事態もありうるのかもしれない。

「だけど、まさか一日でこんなに大きく育つなんて……」

さすがは土精霊の加護を持つ令嬢。生まれて一日で、ここまで成長させるとは。植物で培った促成栽培の極意をなにか応用したのだろうか。

土精霊の力、侮るまじと小さく呟いて焦った顔を隠した時だった。

「気のせいか、なにか勘違いをしていませんか？」

そばに立つエステルが薄く笑っているではないか。

「え？」

考えていたことがばれたようで、思わず顔を引きつらせながら見つめてしまう。

「念のために言っておきますが、王子様は陛下の兄君のお子様で、今は陛下が育てておられます」

「あ！」

そういえば、ライオネルには三年前に亡くなった兄君がいたことを思い出す。兄君の遺児がまだ幼いからライオネルが王位を継いだと聞いたが。

ではその子が――と見つめれば、王子はライオネルのそばへ小さな足で駆け寄っていく。

「聞いてよ、父上！　またあの変なおじさんが、僕たちの部屋の前に来て――」

その瞬間、さっとライオネルの顔色が変わった。

「なにかされたのか？」

「ううん、ただ嫌で逃げだしたら、追いかけてきたんだ」

僕もうあのおじさんには会いたくないよと、座った姿勢を少し横向きに変えたライオネルのそばで、小さな手をバタバタとさせている。

その手が、机のそばの棚にあたった。

あっと思った次の瞬間、棚に置かれていたティーポットがバランスを崩し、残っていた紅茶ごと王子の頭の上に落ちていくではないか。

「危ない！」

咄嗟に手を伸ばす。

（どうか止まりますように！）

念じる勢いのまま風の精霊の力を使う。その瞬間王子が驚いている視線の先で、落ちかけたティーポットは頭のすぐ上で止まり、流れ出た水分ごと空中に浮かんだ。

「ふう」

間に合った。自分以外のものを浮かせるのはよく失敗するが、今回は小さいからなんとかできた。改めて見れば、オリアナが出したつむじを巻いている空気にティーポットと水分が乗り、王子の小さな頭の上へ落ちるのをギリギリ防いでいるではないか。

小さな頭が濡れずに済んだのだから、上出来だ。ティーポットを掴んで流れ出たお茶を急いで中に回収し、ホッとして王子に笑いかければ、それを見ていたライオネルが、そばでがたんと立ち上がった。

「そこのメイドの君」

「え、私……でしょうか？」

（まさか、声をかけてもらえるなんて）

びっくりして思わず自分自身を指したが、ライオネルの黒曜石の瞳はジッとこちらを見つめている。

「そうだ。風精霊の浮遊術が使えるのか？」

「え、ええ――。習ったことはないので、独学で本当に少しだけですが」

驚きながら答えた。瞬く瞳の前で、ライオネルはびっくりしている王子を抱き上げながら、こちらをさらにジッと見つめてくる。

「浮遊術の使い手は少ない。君の出身家門は？」

「ええと――」

思わず言いあぐねたのは、後宮を脱走してきているのがばれたら追い返されるかもしれないからだ。しかし、その言い淀んだのを緊張と勘違いしたのか。

「陛下、彼女は以前公爵家のグレイシア様のそばで働いていたそうです」

補足したエステルの言葉に驚いて横を見る。合ってはいるけれど、少し違うような気もする。

だが、エステルのその返事でライオネルは少し考え込んだ。

「ほう、グレイシアか」

そしてひとつ頷き、オリアナを見つめてくる。

「では、今はやめたのか？　それで王宮のこちらに勤めて？」

「はい。現在は六精宮で働き、廊下の掃除をしてくれていました」

悩む間に、そばでエステルが答える。

「なるほど――。では、身元は王宮で確認済みだな。明日改めてここへ来るように」

（えええっ！　まさか、話せただけではなく明日も会えるなんて！）

信じられない。グレイシアの父はライオネルの政治的な協力者だから、エステルの言葉が効いたのかもしれないが。

「はい！」

嬉しくて咄嗟に答えた後、エステルとライオネルの顔を眺めながら、思わず自分の頬をつねってしまった。夢かと思ったが、ひりひりする痛みが現実だと教えてくれた。


その夜、後宮のコンスレール宮に帰ってベッドに座っても、まだ昼間の出来事が頭の中を駆け巡る。

「本当に、ライオネル様と話せたんだよね……」

寝台に座りながら、思わず緩んでくる頬を両手で押さえてしまう。

昼間あったことが夢みたいだ。

この十年、ずっと会いたいと願い続け、また話せたらと思っていた。そのために、そばで働くことを熱望し、ライオネルが自分の人生の中で、永遠に一番の座に居続けるのだろうと感じていた。

きっとこれが、故郷の女の子たちから聞いた〝推し〟という存在なのだろう。

彼の幸福を願い、気付いてもらえなくても、ライオネルに人生を捧げていく。

（なのに、まさか今日そのライオネル様と話せたなんて！）

そばで彼のために働けただけではない。自分を見て、声もかけてもらえた。

「う、嬉しいーっ……！」

昨日、この部屋でひとり感じていた冷たい月明かりでさえもが、今日は光の精霊の祝福のようだ。

嬉しすぎて、思わず万歳をしてしまう。

それでも足りなくて、ベッドの上をごろごろと転げ回った。

（ああ！　もう一度ライオネル様に会えるなんて！）

冷たいシーツの上を転げ回る間も頬が緩んでくる。

「ありがとう、グレイシア様！　メイド服をくださって！」

彼女は、今日の恩人だ。心の底から感謝を叫んだのに、なぜか脳裏では、グレイシアが嫌そうな顔でオリアナを見つめてくる。

「グレイシア様が懐妊されて、てっきり王子様を生まれたのかと思ったけれど……」

どうやらそうではなかったらしい。いや、懐妊疑惑はまだ残ったままだが、今のオリアナにはそれよりも喜びが大きい。

（それに、王子様もライオネル様の甥だけあってよく似ていたし……）

ふたり並んでいると、オリアナと出会う前の過去のライオネルと成長後の姿が並んでいるみたいで、非常に眼福だ。

「あ、でも育てているってどうして……」

たしか、ライオネルの兄である先王は三年前に病気で亡くなったはずだ。だとしたら、ライオネルが今手元で育てているのは、そのせいなのだろうか。

ふと、冷静になって考えてみれば、オリアナがライオネルについて知っているのは、公式発表されている事柄と、人に頼んで必死で集めた街の号外の情報くらいだ。

「うーん」

それならば、先王の妃はどうしたのだろう？　記憶を辿ってみたが、よくわからない。

「それに、私に明日も来いって。よく考えてみたら、なぜ……」

わからないことだらけだ。さすがに、少し不安になってくる。

しばらく考えて、まあいいやとぽすんと白い枕の上に転がった。

「明日になればわかるんだし……」

今日はただ再会できたことを喜びたい。枕を抱えながら、オリアナは幸せな気持ちで眠りに就いた。

第三章　王の素顔は鬼上官？

翌日、指定された時間にオリアナは六精宮へ向かった。

空を見上げれば、深い水の色が広がり、雲ひとつない晴天に心が開けていくような気がする。

（ライオネル様に会える）

それだけで気分はもううきうきだ。昨日と同じメイド服を纏い、言われた通りライオネルの部屋に向かった。時間を指定された時に、動き回ってもいい服装でと言われたので、実家から持ってきた黒いレギンスをスカートの下にはいている。

こんこんと扉を叩いたが、中から出てきたのは昨日と同じエステルだ。

（——うん？）

首を捻ったが、そのまま彼女はオリアナを案内していく。

「陛下がお待ちでございます。どうぞ、こちらへ」

「は、はい！」

ピンと伸びた背中に慌ててついていけば、彼女はなぜか兵たちがいる弓場の方へと向かっていくではないか。

「陛下、ご指名の方です」

「いや、お前……。ここで、後宮で使うようなその言い方はどうなんだ」

思わずライオネルの顔が引きつっているが、オリアナはそのひと言でばれたのかとドキドキとしてしまう。

「そうですか？　私は、男性が女性を指名したのですから、てっきりそういう意味かと思っていたのですが」

「お前！　この場所を見て、よくそういう発言ができるな？」

「冗談です。多分に本音の希望ですが」

おいおいと心の中でつっ込んでしまう。

（うわー。エステル様。ライオネル様の後宮嫌いに相当手を焼いているわね……）

そういえば、この間の久々の来訪も周りで心配している臣下が必死で急かしてやっと叶ったという話だった。ということは、どうやらその話に出てくる臣下はエステルのことだったらしい。

その様子に、ライオネルは、はああと重たい溜め息をついた。

「そういうのじゃない。とにかく、お前は仕事に戻れ」

「わかりました。では、あとはお若い方ふたりきりで――」

「違う！」

なんだ、その見合いの場のような発言はと心の中で思うが、どうやらライオネルにはこれが日常茶飯事らしい。

再度溜め息をつくと、意味ありげにほほほと笑って去っていくエステルの背中を眺めながら、疲れたように両肩を落としている。

「すまなかったな。あいつは年がら年中あんな調子なんだ」

あれがいつものことなのか。それは、さぞやライオネルも大変だろうと思わず同情の眼差しで眺めてしまう。

だが、さすがに慣れているようだ。すぐにライオネルは冷静な顔でこちらを見つめてきた。

「さて、では本題に入るとするか」

切り替えが早すぎるだろう。なんで今の空気を一瞬ですべてなかったことにできるのか。

二重の意味で驚いてしまうが、相手の目は真っ直ぐにオリアナを見つめ続けている。

「浮遊術が使えるのだったな。君の名前は？」

「えっ⁉　オ、オリアナです」

いきなりの質問に驚いて素直に答えてしまったが、名前で後宮の妃とばれてしまうかもしれない。焦るが、ライオネルはうんと首を縦に振っている。

「オリアナか。いい名前だ。ではオリアナ」

（ばれないのか……）

どれだけ後宮に興味がないのかと思ったが、よく考えてみたらオリアナなんてありふれた名前だ。調べたら、小さな街でも十人くらいはいるだろう。

(気が付かなくても仕方がないわよね)

ホッとしたような、どこか残念な気持ちで見つめると、ライオネルはふむと顎に手をあてていく。

「術の使い方を正式に学んだことはないと言っていたな。では、精霊の力は具現化できるか?」

「具現化?」

呟いて、必死で思い出す。そういえば、精霊術の強い使い手は、自らが受け継いだ力を具現化できると聞いたことがあった。耳にはしていても、家族が使えるのは、せいぜい夏に涼む風程度だし、近隣の子爵家でもそこまでの力は持ってはいない。

噂で伝え聞く大将軍とかならともかく——。

だから、首をぶんぶんと横に振ると、ライオネルが突然体から炎を噴き出した。

「そう、こんな風にだ」

どんと何百の炎が彼の背後から束となって燃え上がる。輝くような金と赤の炎が混ざり合い、灼熱の色を纏いながら、その中に吠える一匹の虎の姿を浮き上がらせていくではないか。

瞳は、高温で燃え上がる炎の青い色だ。毛は太陽にも似た煌めきで輝き、威嚇するように白熱色の牙を剥きだしにしている。

(すごい)

ここにいるだけでも汗が噴き出してくるほどの熱さだ。炎虎将軍の名前は、どうやらこれが由来だったらしい。

だが、なんて美しいのだろう。燃え上がりながら輝く様が、まるで宝石で作られた生き物のようだ。

「綺麗……」

思わず手を伸ばすと、慌ててライオネルがオリアナの腕を握った。

「危ない！　数百度の炎だぞ。触ったら火傷では済まない！」

その言葉に慌てて手を引っ込める。

「申し訳ありません！　あまりにも美しい虎でつい……！」

「いや、虎を見て手を差し出すのも、相当肝が据わっていると思うが」

それとも危険性を認識していないのだろうかと、少し不安そうな目をしている。

（あああっ！　やってしまったわ！）

小さい頃からどんな動物にも懐かれてきたから、その癖が出てしまった。

「精霊術が動物になるのを見たのが初めてで。興奮して、咄嗟に……」

焦りながら答えると、ライオネルの顔がふっと緩む。

「そうか。初めてでこれに怯えないとは、かなり度胸があるな」

気に入ったというように微笑む顔には、思わず見とれてしまう。

「だが、初めてなら、具現化したことはないんだな？」

「は、はいっ……！」

問われる内容に慌てて頷いた。

やはりというように、ライオネルが腕を組んでいく。

「精霊獣と術者は一対の関係だ。どんなに強い血統の持ち主でも、術者の体調で精霊の状態は左右されるし、逆に術者の能力が磨かれれば、精霊も強くなる」

なるほど。どうやら相関関係にあるらしい。

「君が昨日使った浮遊術は、風の精霊の力の中でも最強のものだ。風の精霊の力を使いこなせるようになれば、何人でも一度に飛んで空を移動させることができるし、襲われたらどこであっても敵から逃げられる。ただ、その能力は何千人にひとりしか顕現しない」

（それは――）

自分が経験したのでわかった人数が少ない理由に、そっとオリアナは目を伏せた。きっと、使える能力者が少ないのは、覚醒にオリアナ同様命の危険が必要だからだろう。生きるか死ぬかという瀬戸際で目覚め、かつ生き残った風の精霊術者にしか使えないからだ。

聞かずとも気付いた理由につい俯いてしまったが、そのオリアナの手に、ライオネルはひとつの弓を渡していく。

「だから、俺のために君にはぜひその能力を使いこなせるようになってもらいたい」

うん？と頭に疑問符を浮かべた。なぜ、突然こんな展開になっているのか。そう思いつつ、手渡された武器を見つめる。

「あの、ライオ……いえ、陛下」

慌てて言い直したのは、今がメイドだと気が付いたからだ。

(危ない、ばれないようにしなければ)

焦ったが、手の中にあるものは今も謎だ。

「これはいったい……」

「弓だ。これも初めてか？」

「は、はい。弓も習ったことはなくて」

渡された武器とライオネルの顔を交互に見つめる。

ライオネルのためにと言われるのならば、異存はないが、突然の事態に戸惑っているのがわかったのか。困惑する目の前で、ライオネルの顔はふっと柔らかくなった。

「大丈夫だ。誰でも最初は初めてだ。だが、特訓をすれば、使いこなせるようになる」

(って、特訓っていう言葉が出る段階で、しごきコースの宣言ではないですか⁉)

稽古や練習という言葉を選ばなかったあたりで、今から始まる時間の予想ができる。

そのままライオネルは、くるりと後ろを振り返った。

「あそこにある的が見えるな？」

「は、はいっ」

遠い。弓場の奥にある使い込まれた的まで、軽く五十メートルはあるだろう。弓の達人ならばたいした長さではなくても、初心者には遥かな距離だ。

だが、ライオネルの手は、次に的より手前のかなり上の方を指した。

見れば、弓場のそばから伸びている樫の木の枝には、同じような的が吊るされて、空中に垂れ下がっているではないか。

「ここから真っ直ぐあの最初の的を狙い、途中で風を操って矢の方向を変え、大気に渦を起こしながら上の的に当てるんだ」

「えっ！」

やったことがない。そもそも放った矢が真っ直ぐに飛ぶのかも疑問だし、途中で方向を変えるのなんてできるのかもわからない。

だから、弓を持ったまま躊躇しているのに気付かれたのだろう。

「大丈夫だ、弓の引き方はこうだ」

習ったことがないと言ったから、引き方も知らないと悟ってくれたらしい。

一緒に立ち位置へ並び、後ろからオリアナの手を握って弓の構え方を教えてくれる。しかし、ライオネルが自分の手に触れていると思っただけで、心臓は爆発寸前だ。

（ああ、ダメ。手が震えてきそう……！）

まさか、ライオネルに手を握ってもらえるなんて、これはどんなラッキータイムだ。

だが、動揺が手からライオネルに伝わったのだろう。

「うん？　ああ。いきなり女性の手に触れるのは失礼だったか？　だが、引き方だけだから」

「いいえ！　この身は人生ごと陛下に捧げると決めております！　今さら手くらい！」

「なんで、そんな重い発言になるんだ――」

ここは戦場ではないぞと呟くあたり、どうやらライオネルの思考はかなりあのエステルに毒されているらしい。

「まあ、いい」

あっさりと切り替えるところは、きっと戦場でかなりの兵士に言われてきたからだろう。

弦を持つ右手がぐっと引かれ、きりっと弓のしなる音がした。

「発射する時の風の動きを感じろ。それを途中で上に向け、矢の動きを操るんだ」

以前軍にいた浮遊術の使い手から兵の訓練を学んだと言うライオネルの話通りに、的を見つめる。

（応えたい。これが、ライオネル様が私に望んだことならば――）

紫の瞳で、キッと上の的も見つめた。

大丈夫だ。落ちついて風を感じろと、自分自身に念じる。

矢の周囲で流れていく風を操ることさえできれば――。

矢を放ち、風の動きを追う。しかし、的へと走る風の向きを思い切って直線的な横から空へと変えた瞬間、矢は失速してぽすんと落ちた。

「ああっ！」

「まあ、最初からうまくはいかないだろう。風の精霊の最高術だからな」

繰り返せばなんとかなると励ましてくれるが、その手にはすでに次の矢を持っている。

（宣言通り、しごきコース！）

言葉の選択に間違いはなかったらしい。すちゃっと腕に構えられた矢を次々と渡されるが、何度やってもうまくいかない。

（——どうすれば……！）

手探りで幾度も矢を放つ。しかし、ライオネルの持っていた矢が空になっても成功しないのに気が付いた時、泣きたくなるほどの焦りが浮かんできた。

（わからない。どうしたらいいのか——）

「ふむ」

射位に立ち、息が荒くなっているオリアナに気が付いたのか。

「大丈夫だ。たいていの新兵も、初めはそんなものだ。十日ほど体力作りもやりながら特訓すれば、第一の的までなら届かせられるようになる」

（ちょっと！　それ、しごきどころじゃなく、地獄の鍛錬コースじゃないですか！）

驚いて振り返り、その笑顔を見てなんとなくわかった。第二王子という立場で、戦場に出ていた当時は、きっとかなりスパルタな上司だったのだろう。だから、猛特訓の中で築いた絆が、いざ戦いとなると、部下からの命を捧げるという誓いになったのに違いない。

（ライオネル様なら、女性から言われ慣れていてもおかしくはないのに……。咄嗟に連想するのが、そっちなところが、もう……）

どれだけ後宮に足を運んでいないのかと悟ってしまう。

ちらりと振り返ると、ライオネルは見習い兵に新しく運ばせてきた矢を抱えて、爽やかに笑っているではないか。

「最初の的に届かせるだけなら、毎日腕立て伏せ三百回と鎧を着て五キロ走破。さらに射的練習五百回を繰り返せばなんとかなるが、君は風の精霊使いだ。ならば、もう少し方法を変えてみようか」

（待って！　明るい顔で、今どんな特訓コースを言った⁉）

よかった。武官を目指していなくて。そちらだったら、さすがに一日で筋肉痛を起こし、戦場で迷惑になった自信がある。

（で、でも！　それさえこなして、いざという時に弓兵としてライオネル様のお供ができるのなら……！）

頷いて、決意する。

（ここはやってみるしかない！　今夜から腕立て伏せを！）

よしと両手を握りしめると、急にその体がふわりと浮き上がった。

（うん？）

なんで、足が地面に着いていないのだろう。

ハッと前を見ると、いつの間にか近付いていたライオネルが、オリアナの胴体に両手を添えながら、体を持ち上げているではないか。

「ラ、ライオ……いえ、陛下⁉」

なぜその顔に笑みを浮かべて、オリアナを見つめているのか。

「足の下に流れる風を感じるだろう？」

「は、はい」

ライオネル様の瞳の方が気になりますが――とは、言えない。

「では」

にこっと笑って、ライオネルがオリアナの体をぶんと空に振り上げた。

「ええええええっ！」

まさか放り投げられるとは！　だが、次の瞬間落下した体は、ぱっと両手で受け止められる。

どすんと、今度は横抱きにされた。

「今のが上に行く感覚だ。今度は、違うのを体を離さずにやってみるから、しっかりと感じろ」

そのまま横抱きで、斜め向きに頭のそばに持ち上げられる。

(待って！　近い、ライオネル様の顔が近い！)

漆黒の瞳はなんて美しいのだろう。太陽の光に黒曜石の色で煌めき、その瞳にオリアナを映している。

斜めに体が持ち上げられるたびにその顔が近付き、オリアナの心臓はばくばくだ。

「体の横の大気が動くだろう？」

(はい、心臓の方がもっと動いていますが！)

だが、真面目に教えてくれているライオネルにそれを言うことはできない。

「足の下になにもないのと周りがぶんぶん動くのはわかります」

「そこの大気だけを感じろ。もっとわかりやすくしてやる」

「えっ？」

どういうことか——と見つめると、突然ライオネルはオリアナの体を抱きしめるように持ったままぐるっと大きく一回転した。

(回る！　目が！)

だが、体の周囲を、高速で風が流れていくのを感じる。

「こういう風に渦を巻くイメージを思い浮かべるんだ。それに、先ほど斜めに持ち上げた時の風の動きと、上に投げられた時の大気の動きを組み合わせてみろ」

体の横で、夏の少し熱された風がオリアナの肌を撫でて動いていく。

そして、次に真っ直ぐ空へと高く持ち上げられた瞬間、ライオネルの手とともに動く大気に、なにかが掴めそうな気がした。

「あ……！」

脳裏になにかが瞬く。

だけど、その時だった。

「父上！」

見れば、ふたりの子供たちが弓場の入り口から走ってくるではないか。

ひとりは、ふわふわの黒髪に青い瞳。昨日出会ったライオネルにそっくりの天使だ。

（ああ……やっぱり、ライオネル様の小さい頃を見ているみたい！）

なんてかわいいのだろう。くるくるっとした黒髪は、お兄さん似なのだろうか。髪と瞳の色は違っていても、叔父と甥だけあって、顔立ちはとてもよく似ている。

小さな足で駆けながら、ひとりの女の子の手を握っている。

「あら？」

誰だろう。ブルネットの髪に、王子と同じ青い瞳。

身長からすると、年は多分三歳くらい。小さな右手にうさぎのぬいぐるみを抱えて、ジッとこちらを見つめている。

「テオ、ポーリン」

驚いたようにライオネルがオリアナの体から手を離して、子供たちの方へと向き直った。

「どうした。なにかあったのか？」

「ううん、ただここに昨日のお姉さんが来ていると聞いて」

（お姉さん！）

ライオネルとそっくりな顔で言われたら、とてつもない破壊力だ。このひと言で、きっとオリアナは五キロだって走れる。

「そうか、だがここは兵たちの訓練場で危ない。ポーリン」

テオと呼ばれた王子の後ろにいる女の子に向かって、手を伸ばす。

おいでという意味なのだろう。

しかし、ライオネルが優しく微笑んだ瞬間、女の子が叫んだ。

「いや！」

ぶんぶんと首を横に振って、拒否している。そして、オリアナの方へと、とことこと近付いてくるではないか。

（あーこういう年齢かあ……）

昔、妹で苦労した覚えがある。なにを言っても、いやと返ってくるのだ。多分本人にはしたいなにかがあるのだけれど、うまく伝えられなくてその言葉になってしまうのだ。しかし、言われたライオネルは手を差し出したまま硬直している。

その前で、ポーリンは小さな靴でオリアナへと近付き、きらきらとした目で見つめてきた。

「かぜ!」

「うん?」

「かぜ、つかえるの?」

「え、はい、まあ」

よくわからないけれど、風の精霊のことならばそうだ。

頷くと、さらにポーリンの青い瞳が大きく見開かれていく。

「みたい! みせて」

「ごめん、お姉さん。僕、昨日お姉さんが助けてくれたのを妹に話してしまって……」

そうしたら聞いてからずっとこの調子なんだと、申し訳なさそうにテオが指をもじもじとさせている。

なるほど。つまり、兄から聞いて、見たくなったから来たということか。

それならば。

「こう?」

すっと右手を持ち上げて、涼やかな風を起こしてやる。ふわっとポーリンのブルネットの髪が靡《なび》いた。瞬間、宝石のような青い瞳がさらに見開かれる。

「すごい！　すごい」

とても無邪気に喜んでいる。

「つぎも！」

多分浮遊術が見たいのだろう。とはいえ、オリアナはまだ使いこなせない。うーんと少し考え込み、よしこれならばそれらしく見えると、ふわっと地面の上に風を流した。落ちていた木の葉が風で巻き上げられ、さっきオリアナがライオネルにされたように空へ向かって動いていく。

（あれ？　なにかがわかったような気がする）

なんだろう、この感覚。風と空気と木の葉の動きと。

漠然とした感覚にもう一歩でなにかを掴めそうになった時、きゃっきゃっとはしゃいでいる子供たちの横から、やっと立ち直ったライオネルの声がした。

「ところで、お前たち。護衛はどうしたんだ？」

「あ……」

その瞬間、テオの顔が曇る。

「ごめんなさい。さっきポーリンを追いかけている間に、はぐれちゃって……」

（うっ！　俯いている姿すらかわいい！）

ライオネルの幼い版だ。しゅんとしているテオと、ぷくっと頬を膨らませているポーリン。

（癒やしだわ……！　ここは天国なの？）

拗ねている姿さえもが愛らしさ百パーセントだ。頬をつんつんとしたくてたまらなくなる。

「ダメだろう！」

しかし、咄嗟に声を荒らげたライオネルに、慌てて横を向いた。

「ライ、いえ陛下？」

「あれほど言ったのにわかっていないのか！　絶対に護衛とはぐれるなと！」

あまりの大声に、子供たちの肩もびくっと揺れている。

「陛下、たしかに危ないですが、王宮の中なのですし。そこまで怒らなくても……」

思わず子供たちを庇ってしまう。見れば、今にも泣きだしそうだ。しかし、ライオネルは漆黒の瞳を鋭くしたまま、子供たちを見下ろし続けている。

「ダメだ。今言い聞かせておかないと」

「そ、それは大事なことだとはわかりますが。でも、子供たちにそんな大きな声を出さなくても」

「なにかがあってからでは遅い。ひょっとしたら、この子たちは狙われているかもしれないのだから――」

「えっ」

その言葉に、思わずライオネルと涙を浮かべそうになっている子供たちとを見比べた。

（――狙われている？　こんな幼い子供たちが？）

心で繰り返した言葉に、再度ふたりの子供を見つめてしまう。うさぎのぬいぐるみを持ったままぷるぷると震えているポーリンは、今にも泣きだしそうだ。抱きしめてあげたくなるのをぐっと我慢して、ライオネルへと向き直った。

「陛下、それはいったい」

尋ねようと話しかけた時だった。

弓場の入り口に豪華な服を纏った男が急に現れ、周囲を見回しているのが目に入った。きょろきょろとなにかを捜すように顔を動かし、射的場の一角にいたオリアナたちに気が付いて、ハッとした顔をしている。

近付いてくる男が纏っているのは、隣のマンニー国の装束だろうか。緋色で作られた首元までしっかりと詰まった上着は、膝まで届く長さで、このリージェンク・リル・フィール王国の衣装とは明らかに違っている。

見た感じ刺繍も多く、かなり身分の高そうな男だが――。

しかし、なぜ子供たちの後から現れたのか。

不審な男の様子をオリアナがジッと眺めていると、ふたりの子供たちが怯えたように足の後ろへと隠れてきた。

「うん、どうしたの？」

尋ねても、服の裾をギュッと握ったまま、息を呑んで男の動きを見つめている。まるで怖い犬でも近寄ってきたかのように。

男は、そのポーリンとテオの様子をちらりと窺い、次いで仕方がないというようにライオネルへ向かって作法通りに身を屈めた。

「陛下には、ご機嫌麗しく——お目にかかれて光栄にございます」

「マンニー国の使者殿。こんなところにまでやってくるとは、なんの用だ」

素早くライオネルが三人を背後に守るように動く。使者との間に立ち、いつでも精霊術を出せるように、彼の後ろで小さな火花が上がっている。

ぱちっぱちっと、火の粉の飛び散る音がした。

白い光がいくつも空中で瞬いているのに気が付いたのだろう。

男は、再度テオとポーリンの様子を窺っていた眼差しを戻すと、年齢を刻んだ額に冷たい汗を浮かべながら答えた。

「はい、実は先日もお願い申し上げておりましたテオドラール殿下とポーリン王女殿下の件につきまして、改めてご再考願えないかと」

「それは、はっきりと断ったはずだ」

冷たい声音でライオネルが言い放つ。その瞬間、使者の顔が必死な様相に変わった。

「ですがっ！　先王陛下は亡くなられ、王位にはもう弟君であるライオネル陛下がお就きになったではありませんかっ！　それならば、ふたりのお子様方がこの宮廷にいる必要は最早ないはず……！　我がマンニー国王陛下も遺されたふたりの子を不憫に思い、ぜひ手元で育てたいとおっしゃっておられます！」

「不憫？　獣の姿で現れる精霊の血を継ぐ一族など汚らわしいと、我が兄に言い放ったのはどの口だ。ましてや、それで兄と恋仲だった自分の娘まで追い出しておいて――。よくもそんなことが言えたものだ」

「それは……！　たしかにあの時はそうでしたが！　ただ、我が陛下は――」

「もういい。どちらにせよ、兄の子供たちを手放すつもりはない。俺が王位に就いたのは、テオが幼すぎたからだ。いずれは俺の跡を継がせるつもりで、ふたりとも我が子として育てている」

「ライオネル陛下！　なにとぞっ……！」

「話は終わった。下がれっ！」

かっと漆黒の瞳を見開いてライオネルが告げると、一瞬悔しげに顔を歪めた男は、オリアナの後ろに隠れているテオとポーリンに視線を向けた。

その鋭い眼差しに、びくっとしたふたりは体を隠す。

「……承りました。では、今日はこれで失礼いたします。ですが、どうか、なにとぞもう一度お考え直しを」

すっと体を屈め、そして身を翻した。

「獣を血に飼う輩如きが、偉そうに。薄汚い血を引き取ってやろうと言うだけ、ありがたいと思ってほしいものだ」

「なっ――！」

なにを呟いているのか。使者とは信じられない言葉に思わず顔を見つめれば、相手もオリアナの視線に気が付いたのだろう。ふんと唇の端を上げ、そのまま歩きだしていく。

（し、信じられない！）

たしかに、マンニー国との間にはいろいろと確執がある。

（だけど、まさかライオネル様のことをそんな風に言うなんて！）

いや、それだけではない。そばにいる子供たちまで貶めるとは。

去っていく姿に、腹の底から怒りがこみ上げてくる。

遠ざかっていく背中を見つめ、ぷくっとポーリンが頬を膨らませた。

「ポー、あのひときらいっ」

「僕も」

どこか怯えたように声をあげるのは、オリアナの後ろに隠れていたテオだ。

「あのひと、なにかあればポーを、おいかけてくるの。やなのに、だっこしようとするし」

「それは……」

まさか無理やり連れていこうと考えているのだろうか。先ほどの使者の様子に嫌なものを感じ、オリアナは身を屈めるとふたりを抱きしめた。

腕の中で、怯えたようにしがみついてくる小さな姿がたまらない。なんて愛らしい存在なのだろう。思わずギュッと力を入れて抱えると、その前でライオネルは困ったように溜め息をついた。

「行ったから、もう大丈夫だ。でも、これからは使者が帰るまで絶対に護衛と離れるんじゃないぞ？　少しの間だけだからな」

「うん。父上、ごめんなさい……」

「ごめんなちゃい……」

うさぎのぬいぐるみを抱えたポーリンと並んだテオも一緒に俯いている。

「陛下、今のは……」

オリアナは、くしゃくしゃっとライオネルに頭を撫でられているテオから手を離し、代わりにそばで泣いているポーリンを抱き上げてやった。すると、すぐにライオネルがテオを抱き上げていく。

「ああ、今のは、この子たちの母親の国の使者だ」

（――ライオネル様の兄上である先王陛下が後宮に迎えられた……）

ルースのもとでいろいろと学んでいた当時に聞いた話を思い出す。

たしか、ライオネルの兄は五歳年上で、即位と同時にたくさんの妃を迎えたはずだ。しかし、ほどなくして訪れた別の国で、砂漠と山を隔てたマンニー国の姫と出会い、熱烈な恋に落ちたという。子爵家経由で聞いた話だったが、マンニー国から妻を迎えられるとはと当時ルースも驚いていたものだ。

『あの国は、人間至上主義じゃからの。精霊の血が混ざっている我が国を、内心ではさげすんでおるんじゃ』

目を伏せながら、脳裏でルースが言っていた内容を思い出す。

「では、この子たちがそのマンニー国の姫との間に生まれたという……」

寵愛が深く、王子を授かったとは聞いていた。ただ、田舎だったせいか、姫君誕生の件までは知らなかった。年からすれば、生まれたのは、多分ライオネルの兄が亡くなる少し前だろう。おそらく訃報と重なって、田舎にまでは大きく伝わってこなかったのだ。

「ああ、そうだ。今回、両国の親睦を図るためと言われたとはいえ、最初に王宮内を歩き回る許可を出さねばよかった。これまで交流も音沙汰もずっとなかったのに、マンニー国王の名代として訪ねてきたから王宮に滞在を許したら、ずっとあの調子だ」

「では、陛下の義姉《あね》上様も故国とは縁がなく……？」

「ああ。生まれ故郷からは追放同然だったからな。悲しかったとは思う」

でも、と言葉を続ける。

「そんな境遇だったのに、義姉上――タリア妃という名前だが、彼女は嫁いでからよく俺をかわいがってくれていたよ。兄上にそっくりでかわいいって。成長期くらいの頃を見ているみたいだと、よく言っていたな」

（ちょっと、そのタリア様！　なんと私と気が合いそうな！）

聞いた言葉に、思わずびっくりしてしまう。

「マンニー国の出身なのに、兄上に関係するものはすべて愛しいと言って、この国の者たちも大事にしてくれていた」

（そして、ますます似ている気が……！　わかる。そのタリア様の思考回路！）

最推しの存在はなににも代えがたい。ましてや、推しの大切にしているものならばなおさらだ。似ている者も愛しいし、相手が愛でているものなら、自分も同じくらい大事にしたいと思う。

「だが……」

ふっとライオネルの顔が曇った。

「ある雪の日――義姉上は毒を盛られて死んだんだ」

「えっ⁉」

驚いて、思わず暗い表情のライオネルを見つめてしまう。

「誰が盛ったのかはいまだにわかっていない。ただ、その前日、義姉上は死んだ兄上の第二妃たちと一緒に茶会をしていたらしい。義姉上より早くに兄に嫁ぎ、後宮では寵を争っていた相手たちだ。その日の夜、第二妃が倒れ、次の朝冷たくなった義姉上が発見された」

「それは……」

思わず息を呑んだ。

「いったい、そこでなにが……」

「わからん。その場にいた人たちをすべて取り調べたが、怪しい者は誰もいなかった。たくさんの目撃者がいた茶会だ。テオやよちよち歩きのポーリンも参加して、妃たちは互いに兄上亡き後の寂しさを慰め合っていたらしい」

それなのにと、ぐっとライオネルが手を強く握りしめる。

「穏やかに笑い合いながら——誰かが、義姉上を殺した。みんなに分け隔てなく接していたのに、誰かが裏切って……！　だから、俺は後宮が信用できないんだ……！」

思わず絶句してしまった。ライオネルが兄を大切に思っていたことは、最初の出会いでもわかっていた。兄が死に、義姉と慕っていたタリア妃が殺された——過去の傷は、ライオネルの心の中に今も大きく残っているのだろう。

「では、今、その後宮の方たちは……」

「全員尋問したがわからず未解決のままだ。仮にも兄の妃だった人たちだからな。有力な証拠や証言もなく処罰するわけにはいかず、全員王宮内の精霊教殿の修道院に預けてある」

そう話すライオネルの顔はひどく辛そうで。気が付けば、言葉がオリアナの口から滑り出していた。

「だから……陛下は後宮がお嫌いなのですね……」

ジッと見つめていれば、ライオネルは腕の中のテオへと視線を落とした。

「ああ。それに俺は、将来テオに跡を継がせると決めている。だから、そんな信用できない後宮に深く関わり、テオの命を危険に晒すようなことはしたくはない」

それは、他に子供ができれば跡継ぎ争いに巻き込まれて、テオやポーリンが命を落とすかもしれないからだろうか。

たしかに、そんなことがあれば、後宮不信になるのも仕方がないのかもしれない。

（でも――）

悲しげなライオネルの顔を見つめ、ぐっと手を握りしめた。

後宮に住んでいる妃たちだって、ただの女の子だ。豪華な服と立派な血筋、そしてそれぞれの後ろ盾で身を飾り立ててはいるが、中身は普通の女の子と変わりはしないのに。

実際、オリアナが今いる後宮は、そこまで陰湿な雰囲気を漂わせてはいない。多少の嫌がらせや意地悪はあるが、それは後宮だけではなく人が集まればどこでもあることだ。

たしかに、当時はなにかがあったのかもしれない。

だが、昔の妃とは違う今の彼女たちを知らずに、悲しい思いや疑いを抱いてほしくはないのに――。

「きっと……」

寂しげなライオネルの顔を見つめながら続ける。

「陛下のことを心から思う妃だっています。王子様や王女様を大切にしてくれる妃たちだって――、きっと……」

（私やタリア様と同じように）

「どうかな……」

しかし、今の俺にはまだ実感できないと笑うライオネルの姿はひどく切なくて。胸がギュッと締めつけられてしまう。

その顔でライオネルは気付いたのだろう。急にいたずらっぽい表情を浮かべると、くすくすと笑いだした。

「まあ、お前があの的に当てられるようになれば、信じてやるぞ？　浮遊術が使えれば、どんな状況でもテオたちを守ってくれるからな」

その言葉の真意は、きっとオリアナを傷つけずに、この場の雰囲気をごまかすためだったのだろう。しかし、その内容にはやはり鬼教官だと感じてしまう。

だが、たしかに今オリアナの言葉を裏付けられるものはなにもない。

そして、もし信じてもらえる方法がひとつでもあるのならば。

「承知しました！　では、その言葉に偽りはありませんね？」

（見せるしかない。今の私の誠意を！）

「え？」

まさか冗談を本気に取られるとは思わなかったのか。ライオネルが驚いているが、オリアナは抱き上げていたポーリンを地面に下ろすと、弓場の射位にもう一度立つ。

改めて目の前にある的を見つめた。

（遠い。でも、やるしかない！）

どんなに難しい状況でも、推しの心が救われる方法があるのならば！　ファンの矜持としてそれに賭けるしかないではないか。

「これが当たれば、そんな妃もいると信じてくださいますね？」

「お前……どうして、そこまで俺のことを？」

親身になるのかわからないという表情をしているが、その前でたんと足を広げる。弓を射る時の構えの姿勢だ。つい先ほど、ライオネルに教えてもらった。

だが、その本気の表情に、ライオネルの教官としての気持ちにも火がついたのだろう。

「ああ、いいぞ。当たれば、お前の言葉を信じてやる」

（信じる。推しにまさかそう言ってもらえるなんて）

きりっと弓の弦を引き絞った。ひとつ目の的を見つめ、次いで木の枝から吊るされている的に視線を定める。

ここからあの的の下までは二十五メートルくらいだ。そこまで矢を飛ばし、途中で風の向きを変える。

頭の中で、先ほどの感覚を思い出す。なにかが掴めそうだったあの一瞬――。

引き絞った矢を、ひとつ目の的に向かって放った。

行けと念じる。先ほどは風の向きを直角に上へ変えたが、そうではない。木の葉が緩やかに風に乗っていくように、ライオネルに斜めに抱き上げられた時さながらに、後方からの風の向きを少しずつ上へと変えていく。そして、ある程度鏃《やじり》が上へ向いたところで、下から投げられた時のように風の向きを空へと変えた。矢は、ぐぐっと天へと向いたが、次の風には乗り切れず、失速してしまう。

「もう一度！」

今度こそと、大きく弓を引き絞った。弓は初心者用を選んであるとはいえ、物を飛ばす力を出すために、弦はかなり固く張ってある。本当は腕力が必要なのだろう。それに姿勢を維持するための上半身の筋肉も。

今から腕立て伏せで鍛えても間に合わないかもしれないが、ひとつでもできることがあるのならば、推しのために頑張りたい。

きゅっと二射目を引き絞った。さっきよりも矢の周囲で渦巻く風の流れが見えるようになってきた気がする。視界の中に、はっきりと大気の流れが映りだす。

「今度こそ！」

叫んで発射した矢は、周囲で走る空気の渦を緩やかに上へと向け、鏃が空を目指した瞬間、バランスを崩して落ちた。

ぐっと唇を噛んでしまう。

「どうすれば――」

そうか。さっきので、風を操る感覚はなんとなくわかった。徐々に鏃の角度を上へ変え、矢が的を目指せるようになったら一気に吹き上げてやればいいのだ。だが、その風に乗せて的を狙おうとしても、矢の勢いが足りていない。この弦を最大限引き絞れるだけの力がオリアナにはないのだ。だから、矢の向きを変えた直後、新しい方向へ進むための姿勢を維持する勢いが足りず失速してしまう。

それにライオネルも気が付いたのだろう。

「父上？」

大きな青い瞳を開いて見つめていたテオをポーリンの横に置くと、「そこから動くなよ」と言いつけて、こちらへ向かって歩いてくる。

息をついているオリアナの後ろに立ち、そっと手を握った。

「一緒に引いてやる。だが、少しだけ先に離すから、お前が矢を放て」

最後まで手を持っていては、タイミング次第で逆に勢いを失ってしまうからだろう。射位に立つオリアナの背後に回り、最後のわずかが引き絞れない弦をもう一段ぐっと引き、弓を大きく反り返らせてくれる。

そうだ、この手だ。九歳の時、この手に助けられてから彼に生涯を捧げると決めた。

それならば、この手が抱えている苦しみを少しでも和らげてやりたい。

ひとつ目の的に矢の先を向けた。

「お姉さん、頑張って！」

「がんばってぇ！」

かわいいふたりの声がする。推しと推しそっくりの三重奏の応援だ。力が出ないわけがない。

先ほどまでよりも、はっきりと矢の周囲を流れる風の動きが見えてくる。今風は、矢の先端で分かれ、左右へと流れていっている。

「行くぞ」

「はい」

ライオネルの手が、発射するために離されるのを感じた。

その次の刹那、ばっとオリアナも矢を放つ。

矢の先端で分かれていた空気がさらに鋭く切り裂かれていくのが見える。それを押しているのは、放つ時にできた矢の周囲で動く風の流れだ。

勢いのまま、大気を切り開き、最初の的へと向かって突き進んでいく。

「行けっ！」

思わず叫んだ。

見えている大気の流れを、先ほど木の葉を浮かせた時のように、緩やかに上へ向かって変えてやる。ライオネルがオリアナを抱き上げた時のあの斜めの感覚。そして、勢いよく空へと投げられたのを思い出す。

矢のバランスを崩さずに上へと角度を向かせ、そのまま下から一気に投げ飛ばすように持ち上げていく。

まるで風が極小の竜巻になっていくようだ。矢の下側でぐるぐると螺旋状に存在し、それが勢いよく空に向かって噴き上げていく。

もう少し。もう少しで、的に届く。

崩れるなと念じた。

次の刹那、矢の先端は、たんと枝から吊るされた的を射貫き、その瞬間白いひらひらとした羽を持った鳥が現れたではないか。

「やった！」

「うわあ！　白い鳥さん！」

「ひらひらのとりさんだあ」

子供たちの声が、オリアナの叫びに重なる。

「陛下、これで信じてもらえますよね？」

当てるだけではなく、望まれていた精霊獣まで出現させることができた。その喜びが素直に顔に表れていたのだろう。

「不思議だな、君は」

後ろに立って、驚いた顔をしたまま、ライオネルがジッとこちらを見つめてくる。

「どうして、そんなに俺に信じてもらいたいんだ？」

ここまでして――と、漆黒の瞳が戸惑っている。

「それは、一生お仕えすると決めた陛下のためですから！　陛下のお心を少しでも明るくしたいのです！」

自分自身の力では、その深い心の傷を癒やしてやれるとは思えない。それでも、人生を捧げると決めた推しのためならば、やれることはすべてしてあげたい。

その思いをこめて見つめた。

オリアナの紫色の瞳に、真っ直ぐ己の姿が映っていることに気が付いたのだろう。一瞬だけ、ライオネルが複雑そうな顔をして笑った。

「俺にはまだ、正直、君がなぜ後宮についてそう言い切れるのかがわからない」

だが、と言葉を続ける。

「君のことなら信じてみたい気もしてきた。なぜだろうな」

戸惑っていた笑みが柔らかく変化していく。見つめながら黒い瞳が瞬くように微笑んだ。

（それって――）

嬉しい。少しだが、オリアナはライオネルに信頼してもらえたのではないだろうか。

「はい！　この命はすべて陛下に捧げますので！　安心して、信じてみてください！」

「だから、ここは戦場ではないんだが……」

そして、やっぱり発想の方向が毒されている。

（それでも――）

一歩だけ、笑っているライオネルに近付けたようで嬉しくなってしまう。

現れた精霊獣が鳥の姿で周りをひらひらと飛ぶのを見ながら、子供たちのはしゃぐ声にオリアナも顔を綻ばせた。

第四章　子供たちの母親は誰に？

夕方、オリアナは後宮の廊下をかつんかつんと低いヒールの足音を立てながら歩いていた。

コンスレール宮の廊下を彩る白い石の材質はなになのか。つるりとした外観はひどくなめらかで、アーチ型の窓から姿を覗かせ始めた月の光に淡く照らされている。

『精霊獣を出せるところまではきたな。次は、出した状態を維持できるようにしたいから、また明日も来てくれ』

去り際にライオネルからそう言われ、その力で兄のふたりの子供たちを守ってやってほしいと頼まれた。

（推しに！　頼まれた！）

もうこの時点で否やのあろうはずもない。

『はい！　必ずや全身全霊で、陛下のために精霊獣を維持できるようになってみせます！』

挙手して答えると、ライオネルはどこか複雑そうに笑った。

『いや、子供たちを精霊獣と遊ばせながら、動かすのに慣れてくれたらいいから』

優しくぽんと頭に手を置かれた。

『今日はよく頑張ってくれた。子供たちも触れる精霊獣が見られて大喜びだ』

それは、きっと——。今まで王子たちの周りにいたのは、ライオネルと同じくらい戦闘能力の高い精霊獣の使い手だったからなのだろう。ライオネルが王子たちにつけた護衛が一流でないとは思えない。だとしたら、炎虎と同じような攻撃力を持った精霊獣ばかりで触ると危険だったのだ。

（それだけ、ライオネル様が兄君の子供たちを大切にしているという証なんだろうけれど……）

足を止め、アーチ型の窓から後宮を見回した。

紫色の夕闇が落ちていく中で、ぽつぽつと灯っている橙色の光は優しい揺らめきだ。闇に沈んでいこうとしている後宮の建物の中で、そこに人の営みがあると示すかのように、ひとつまたひとつと灯っていく。

きっともう少しすれば、多くの窓に明かりが灯るだろう。

街では明かり用の油も高価なものだが、後宮では惜しみなく使用されている。いや、ひょっとしたら妃以外の部屋では、昔ながらの松明《たいまつ》なども使用されているのかもしれない。それだけ多くの人が住んでいる場所だ。

リーフル宮の第一妃からコンスレール宮に住む末端の妃まで。加えて、その身の回りの世話をする後宮の役人やメイドたちの住まいまで数えれば、小さなひとつの町と言ってもいいほどの規模だ。

（私には、ここに住んでいる人たちが、そこまで心根が悪いようには思えないけれど……）

たしかに、歴史上後宮という場所ではいろいろとあったのかもしれない。

たったひとりしかいない王の寵愛を争う場所だ。ここでの自分の立場や子供たちの未来のために、心に鬼が住む者もいたのだろうとは思う。

（そう考えれば、寂しいことだけれど……）

でも、ライオネルにいつまでも心に苦しみを抱えていてほしくはない。

「せめて、タリア様の死の真相がわかれば、ライオネル様の心も癒やされていくかもしれないのに……」

どうすればいいのか――。

後宮の窓にひとつずつついていく明かりを見つめながら、ふうと溜め息をついた時だった。

「見つけたわよ！」

鋭い声が後ろから響いた。

この声は――。

ハッと振り返れば、グレイシアが薔薇の刺繍を施した上着とひだのついたドレスを翻しながら、こちらへと近付いてくるではないか。

「どこに行っていたの!?　今日も草引きにいらっしゃいと招待しようとしたのに！」

「あ……」

（まずい！　ひょっとして、私が後宮を抜け出していたことに気が付かれたのかしら）

血の気が引くのを感じながら、オリアナは歩いてくるグレイシアの顔を見つめた。

迫力のある美貌を輝かせながらグレイシアは、カツカツと足音を鳴らしている。

美しい顔が怒ると、凄みがあるものだ。緑色の瞳は、まるで強い日差しを受けたかのように闘争心に煌めき、赤い唇は、血にも似た柘榴《ざくろ》の色を宿している。

射貫くような眼差しで迫る姿に、オリアナは思わず焦りながら答えた。

「す、すみません！　部屋から出ていたので……」

ここで、後宮を抜け出していたことがばれてはまずい。もし後宮長に知らされて、部屋に閉じ込められたら明日の約束が守れないし、推しと王子たちの癒やし三重奏にも会えなくなる。

（ああ、今日は楽園だったわ……！　まさか、後宮生活でこんなに幸せな日々が二日も続くなんて！）

それもこれもすべては、グレイシアのおかげなのだ。

「あ、グレイシア様。メイド服をくださり、ありがとうございました！」

「なに、嫌み？　まさか昨日の服が原因で、私から逃げ回っていたの!?」

「そういうわけではないのですが……」

（ああ、言葉とはなんて難しい）

しかし、オリアナのお礼を嫌みと捉えたグレイシアは、じっとりとした目でこちらを睨みつけてくる。

「だいたい、末端の妃がどこに行っていたというの？　後宮中を捜させたのだから、身を隠せるような場所なんてないはずでしょう？」

「ええと……」

困った。

（後宮にいなかったとは言えないし）

「それとも、私の呼び出しが嫌で、第二妃のアクアル宮や第三妃のフレアル宮に匿ってもらっていたのかしら？　だとしたら生憎ね。あのふたりは、いわゆる引きこもりなの。身を挺してまで私から助ける気概などないわ」

もしそうなら、明日からは出てくるまで使いをやるからと、人さし指でこちらを示しながら話しているが、その凄みのある顔でさえ華麗だ。

（うーん、美人が怒るとここまで様になるのね）

言われ放題で多少反論したい気持ちもないではないが、過去にライオネルを第一印象で決めつけてしまい、勝手に悪いイメージを持ったことを反省してからは、少しの言葉だけで相手を判断しないように努めてきた。

おかげで成長とともにその考えはすっかり身につき、今や推しのライオネルに関することを除いては、少々の暴言はまったく気にしない。

「ええと……、つまりグレイシア様は私の草引きが気に入られたということでしょうか？」

だから手伝ってほしいのかもと尋ねると、グレイシアは真っ赤になって怒鳴ってくる。

「き、気に入ったわけじゃないわよ！　後宮にいて、陛下のお相手もしない妃なんて無駄飯食らいでしょう!?　だから、有効活用してあげようと言っているんじゃない！」

「あ、そうなんですね。でも、グレイシア様。そんなに怒るとお体に障りますよ？　先日から……あの、大事な状態なんですよね？」

ふと、昨日グレイシアが腹をさすりながら言っていたことを思い出して宥めた。もしお腹にライオネルの子がいるのならば、これだけ激高しては体に悪いはず——。

（あれ？）

なぜだろう。今、一瞬だけ胸がギュッと痛くなったような気がする。

（おかしいわ。私は、ライオネル様にそんな気持ちを持っていないはずなのに……）

どうして今、苦しいような気がしたのか。

しかし、気遣う言葉を聞いたグレイシアの顔は、さらに赤くなっていく。

「なによ！　お腹を壊したのならとっくに治ったわよ！」

「え……？」

その言葉に思わずきょとんとしてしまう。

そして、なぜか笑みがこぼれてきた。

「それならよかったです！」

（そうか、本当にただの腹痛だったのね）

自分自身でもわからないが、ホッとして笑みが溢れてしまう。

しかし、なにを言っても動じないオリアナについに業を煮やしたのか。

「もういいわ！　明日は絶対に、草引きに来なさいよ！」

言い捨てると、背中を向けて去っていこうとする。

「あ、グレイシア様！　あのメイド服、本当に着やすくて楽でしたよ！」

せめてお礼だけは伝えておかねば。そう思って慌てて叫ぶと、歩きかけていたグレイシアがいきなり足を止めた。

「着てくれたの!?」

ぱっと振り返った顔は、すごく驚いた表情だ。

「ええ、脇の下も動かしやすく、スカートの裾も広がりすぎないように設計されていて。とても着心地のいい服で仕事がしやすかったです」

「そうでしょう？　あれは、実際に働く者が着るならと、布の切り方やタックの位置などをいろいろと計算して」

うきうきとした表情で、オリアナを見つめてくる。

（え、あれって本当に……）

「グレイシア様のお手製だったのですか？」

尋ねると、その瞬間彼女の顔が慌てたようになった。

「な、なによ！　あなたには、そんなこと関係ないでしょう？」

こちらが驚くほど焦っている。どうやら聞いていた通りだったようだ。

「もういいわ！　とにかく明日はリーフル宮に来るように――」

言い捨てて、そばの階段へ向かおうと身を翻した時だった。どんという音とともに、グレイシアの体が傾いたのは。驚いて見つめれば、グレイシアの体が手すりにぶつかり、階段に沿って作られた吹き抜けの空間へ落ちていこうとしているではないか。きっと踵の高い靴を履いていたから、ぶつかった瞬間バランスを崩してしまったのだろう。

「きゃあ！」

巻いた金の髪に大きめの髪飾りをつけた姿が傾き、そのまま落下していこうとしている。

「危ない！」

こんな石の床の宮殿で落ちれば、命に関わる。掴もうと急いで手を伸ばした。

だが、間に合わない。

金の髪と豪華な衣装が、まるで時間が遅くなったかのように目の前でゆっくりと虚空に吸い込まれていこうとしているではないか。

「出て！」

咄嗟にそう叫んだ。次の瞬間、白い精霊獣の姿が手の先から風とともに吹き上がり、空中で螺旋を描きながら、落ちそうになっているグレイシアの体を浮かせていく。

「え……」

「よかった、間に合いましたね」

思わずホッとした。

見つめれば、グレイシアは、体を持ち上げている螺旋の風とその流れを支えるようにして周囲で動く白い鳥の姿に、緑の瞳を大きく瞬いている。

「あなた……、それは精霊獣？」

「はい。やっと今日出せるようになったばかりですが。間に合ってよかったです」

空中に横たわったままのグレイシアへと両手を伸ばした。

そして、抱き上げるようにして、腕に乗せる。

（そうか、ライオネル様がおっしゃっていたのはこういうことなのね）

力が自在に操れるようになれば、他の人だって助けられる。これまでは、オリアナ自身を少し浮かせるので精一杯だったが、これならばいろんな使い道だってあるだろう。

オリアナはそう納得して、まだ驚いているグレイシアににこっと笑いかけた。両手で横抱きにしてこちらへと引き寄せるが、空中に浮かせているおかげで体重は全然感じない。むしろ、これまで高慢な表情ばかり見せていたグレイシアが意外に怖がっていたことに気が付いて、つい安心させるように微笑んだ。

「お怪我はありませんでしたか？」

その瞬間、グレイシアの顔が桃の花が咲いたように色づいた。

「な、ないわ」

「そうですか？　それなら、よかったです」

さらに笑いかけると、グレイシアの顔がますます赤く染まっていく。

（うん？　なぜかしら？）

急に幼馴染みのセイジュに昔言われた言葉を思い出した。

『お前の笑顔は、時々そこらの奴より男前なんだから。せいぜい自覚して、振る舞うように！』

なぜ、今この言葉を思い出したのか——。

首を捻っていると、グレイシアが腕の中で恥ずかしくてたまらないというように体を丸めながら訴えている。

「は、早く下ろしなさいよ！　床に！」

「ああ、不安定ですよね。失礼しました」

そっと優しく床へ足を下ろしてやる。とんと先端が着くと、グレイシアはもう一度オリアナを見つめてきた。

だが、どうしてだろう。顔の赤みは少しも引いていかないではないか。

「グレイシア様、あのどこか痛みでも……」

手を伸ばすと、ぶんぶんと首を横に振っている。

「ないって言っているでしょう！」

「いえいえ、それならいいんです」

ちょっと顔色が赤いのは心配だが、たしかに怪我はなかったはずだ。それならば驚いたせいかもと彼女を見て、ふと思い出したことを尋ねた。

「そういえば、グレイシア様は昔から時々後宮に出入りをされていたんですよね？　だったら、ライオネル様の義姉君であるタリア様のことについて、なにかご存じではありませんか？」

少しでも、ライオネルの心を軽くできるものが見つからないかと尋ねたが、目が合った瞬間、なぜかグレイシアは急いで身を翻した。

「知らないわよ！　とにかく、明日は草引きをしてね！」

「あ！」

そのまま脱兎の如く、目の前の廊下を走っていく。

よほど恥ずかしかったのか。オリアナが呼び止めようとしても、足を緩めることすらなく、グレイシアの姿は白い廊下の奥へと消えていってしまった。

翌日、日差しはまだ夏の終わりの暑さを告げていた。

暦上はあと数日で秋になるはずなのに、今年はいつまでも暑いような気がする。時折、白い羽を持った精霊獣を出して涼みながら、オリアナは言いつけられた通り、リーフル宮の草引きに精を出していた。

ライオネルとの約束の時間まではまだ間がある。それまで頑張ろうと思って来たが、今日は、どうやらメイジーは呼ばれていないらしい。

「もしかして、昨日ひとりで草引きをさせてしまったのかしら……」

だとしたら、さすがに申し訳ない。以前、あんなに不満そうだったのだ。せめて一緒にいて、風を起こしてあげられればよかった。

(まあ、ライオネル様からの呼び出しがあったから、無理だったんだけど……)

事前に知っていれば、重ならない時間へとグレイシアにお願いもできたのに。

ぐっと草を握り、根っこごと思い切って引っ張っていく。

歴代土の精霊と縁の深いリーフル宮は土もよく肥えているのだろう。根はしっかりと土を掴み、握った葉も深緑の色で太陽に輝きながら茂っている。ぐぐぐっと手応えがあり、やがて砂粒を撒き散らしながら抜けた。

「はあ……。これは、なかなか大変な作業だわ」

実家で慣れているとはいえ、雑草の元気さが違う。畑の作物と勢いを競うかのようにして、土地と養分を取り合っている。

また、ぐっと引くと、ちぎれた葉から青臭い汁の匂いがした。夏の終わりの熱気と相まって、手元から立ちのぼる香りにむせかえってしまいそうだ。

精霊獣がそばから白い羽で少しずつ風を送ってくれているが、これを出し続けているのもなかなか大変だ。

（でも！　午後からあるライオネル様との特訓の前に、せめて自主練習をしておかねば！）

頑張ったが、昨日の腕立て伏せは連続三十回が限界だった。このリーフル宮までの道を体力作りの走り込みコースにしてみようともしたが、見た瞬間メイドたちが慌てて止めに入った。

「いいなあ、広い庭……」

いっそここで走り込みをさせてくれないだろうか。この草引きの合間にでも。

「うん、足に鎌でも括りつけて走れば、草刈りをしていると言い訳ができるかもしれないし」

ただ、やればすべての植物にダメージを与えてしまいそうな気がする――。足に鎌を括りつけて庭を走り込む姿を想像し、思わず首を捻って真面目に悩んだ時だった。

「あれ？」

斜めになった視界の端に、なぜか氷を入れた水挿しが置かれているではないか。

「うん？」

どうして庭に下りてくる階段の手すりの上に、グラスと一緒に置いてあるのだろう。

「うーん？」

考え込みながら近寄ると、水挿しに入っているのは、どうやらレモネードのようだ。夏なのに氷を浮かべてあるということは、水の精霊の力で作られる氷室に出入りを許された者が、ここへ置いてくれたらしい。

（リーフル宮で、こんなことができる人物となると……）

建物の暗がりの中をジッと見回せば、庭に通じる広い部屋の奥に、薔薇を刺繍した絹の端が見えているではないか。

「グレイシア様？」

階段を上がってテラスから声をかけると、低い本棚の陰に身を屈めて隠れていたグレイシアが、びくっと肩を揺らした。

部屋に入り、にっこりとレモネードの水挿しを持ち上げる。

「差し入れ、持ってきてくださったんですね？　一緒に飲みませんか？」

窓の外に広がる夏の青い空と日差しを背景に笑いかける。

グレイシアが赤い顔で唸っているのは、見つかるとは思わなかったからなのか。もう一度、オリアナがにこっと笑いかけると、なぜかさらに赤くなり、しばらくして、こくっとグレイシアは頷いた。

まさか、グレイシアとふたりで庭に通じる階段に座り、レモネードを飲むことになろうとは。

意外だったが、草引きで汗を流した後だからだろうか。喉を通っていくレモネードは、氷でよく冷えていて、案外悪い気分ではない。

隣では、先ほど部屋にあった予備のグラスに入れて渡したレモネードをグレイシアがしばらく手の中で見つめていたが、少しだけ飲んで、口を開いた。

「昨日は……ありがとう」

「いえいえ、お怪我をされずに済んで、なによりでした」

微笑みながら見つめれば、グレイシアは照れくさいのだろうか。いつもの高慢な態度はどこへ行ったのかと思うほど、俯きながら手の中のレモネードを見つめている。

「ひょっとして、お礼にこれを持ってきてくださったんですか？」

からんと氷の音を響かせながら、周囲に水滴のついたグラスを持ち上げる。よく冷えている証だ。残暑の風と相まって、体の中から熱を取っていってくれるような気がする。

「それもあるけれど……。昨日、あなたがタリア様のことを聞きたがっていたみたいだったから……」

「ああ」と頷き、ハッと意味に気が付いた。

「教えてくれるんですか？」

思わず紫色の目を大きく開く。

「とはいっても、私が知っているのなんて本当に少しだけよ？　私は結局、父の意向で先王である兄君ではなくライオネル様に嫁ぐことになったから。交流もその縁であっただけだし」

「それでもかまいません！　教えてください！」

きっとエメルランドル公爵が、病弱だった先王ではなくライオネルに娘を嫁がせることにしたのは、それだけ先王の体調が思わしくなかったからなのだろう。近いうちに代替わりがあるのを想定して、娘を王弟に嫁がせようとしていたのかもしれない。

(それでも、なにかタリア様の死の手がかりが得られるのならば……)

ライオネルの心の傷を少しでも減らせるかもしれない。

「タリア様は……マンニー国のお生まれでありながら、とても優しい方だったわ」

少しだけ目を伏せながら、グレイシアが話しだす。

「弟君のライオネル陛下のことも心からかわいがっておられて。私についても、父が将来ライオネル陛下に嫁がせると決めてからは、会えばまるで妹のように接してくださったわ……」

「あー……」

なんとなく想像がつく。きっとオリアナの脳内と同じような感じだったのだろう。

『推しの家族！　推しにそっくりなんて天国！　さらに、推しの弟の嫁なんて！』

これを『好きな人』に単語を置き換えただけだと思う。ならば、かわいがらない選択肢はなかったのに違いない。

きっと、この人たちに包まれているだけでタリア妃は幸せだったはずだ。それに加え、推しそっくりのふたりの子供たち。毎日が間違いなく楽園だっただろう。

オリアナの納得した胸中など知らず、グレイシアはぽつりぽつりと言葉を繋げていく。

「当時、私の住んでいるエメルランドル公爵邸にも時々来られていたわ。マンニー国では、精霊の力がない代わりに、薬草などを使って治療をしているそうね。タリア様も、薬草の知識があったらしくて、先王陛下の心臓に効くお薬を作ってあげたいとおっしゃっては、我が家の庭にいらしていたの。土の精霊術師でないと、その草を季節外で育てて手に入れるのは難しかったから……」

「では、グレイシア様も、同じようにタリア様のところへ行き来などをされていたのですか？」

初の情報に目を輝かせながら尋ねる。それならば、あの日あったタリア妃の死の真相についてもなにか知っているかもしれない。

しかし、グレイシアは軽く首を横に振った。

「いいえ、私からはそんなには。先王陛下が生きておられた頃は、訪ねてこられた際や宮中の行事、陛下たちの母上様へお目通りをするのに後宮へ向かった時などに、幾度かお会いしたけれど。先王陛下が亡くなられてからはテオドラール殿下を抱えたタリア様とは、お互いに複雑な立場になってしまったこともあって」

「ああ……」

きっと政治的な問題を危惧したのだろう。ライオネルは、テオに跡を継がせるために自分が王位に立ったが、エメルランドル公爵からしてみれば、嫁がせた娘にもし孫ができれば、その子に王位を継がせたいと望んでいるのに違いない。互いに嫌い合っているわけでもないのに、周囲の微妙な雰囲気がふたりを近寄りにくくしてしまったのだ。

「でも、あの日の茶会には私も招いていただいていたのよ」

「えっ！」

（まさか、グレイシア様がその場にいたなんて！）

「もうすぐ後宮に入ると決まっていたから、ご挨拶も兼ねて伺って。あの頃のタリア様の周りは、本当にもう穏やかで――」

先王の生前は、互いに寵を争い、妍《けん》を競っていた妃たちも、もう戦う意味がなくなったのだろう。グレイシアが訪ねていった時には、ひとつの大きなテーブルを囲い、穏やかにそれぞれの近況を語り合っていたようだ。

亡くなった先王の優しい人柄を偲び、それと同時に、自分たちはこれからどうしていけばいいのか――。寂しげな笑みとともに交わされる会話は、まるで旧友同士の語らいのようで。

「テオドラール王子殿下とよちよち歩きし始めたポーリン王女様も参加されていてね。陛下の生前は親密というような関係ではなかったはずなのに、自分たちの夫の忘れ形見となるとやはり違うんでしょうね」

以前にはなかったことだが、先王の妃たちがやっと歩き始めたポーリンを抱き上げたり、テオを懐かしげに見つめたりしていたようだ。

「そこでなにか変わったことはありませんでしたか？」

「当時も陛下に尋ねられたけれど、別に……。私は一年半前のその時微妙な立場だったから、テーブルには着かず入り口のところで、少し席を外されていたタリア様が戻ってこられるまで待っていたの」

中に入り、先王を偲ぶ妃たちと歓談するには、あまりにもこの中でグレイシアの立場は浮いたものだったから。

「強いて言うなら、ポーリン王女様がみんなのお手伝いをしたがって運んでいた陶器でできた蜜の瓶を落として、こぼしてしまったことくらいね。小さな手ではうまく持てなかったのでしょうね。すぐに侍女たちが片付けて、代わりの瓶を高いところから見つけ、また運びたがるポーリン王女様に屈んで心配そうに渡していたけれど」

どうやらその頃から、自分の意思表示をするようになっていたらしい。

（うーん、あのかわいい「やっ！」だったら、私も見てみたかった）

絶対に超絶愛らしかっただろう。

「あの、念のため。グレイシア様、絵心などは……」

今より幼かったポーリンとテオの姿を、記憶を頼りに描いてもらえないかと尋ねたが、グレイシアは目をぱちぱちとさせている。

「絵が得意なのは、第三妃よ。私の趣味ではないわ」

「あ……そうなんですか……。ちなみにグレイシア様のご趣味は……」

ちょっとがっかりしてしまったとは、言わない方がいいだろう。だが、尋ねられたグレイシアは、一瞬口ごもった。

「私は――、服作りが好きで……。本当は服飾師になりたかったの」

「服飾師⁉」

予想外の答えだ。だが、横を向いてグレイシアの姿を見つめた瞬間、不意にその言葉が腑に落ちた。

どうして、どこにもないような優美なドレスを毎日身に着けているのか――。

お手製だったというメイド服。仕事ぶりを気に入った者には服を下賜されていたという話。そして、庭に植えられていた綿や藍。それらから考えられるのは――今のグレイシアの言葉が真実だということだ。

「ひょっとして、毎日のお召し物もお手製で……？」

「これくらいしか、作りたくても機会がないし。せっかく作っても、着てくれる人は自分の周りでは限られているもの」

寂しそうにグレイシアは俯きながら話しているが、オリアナから見れば、グレイシアの腕前は驚嘆するレベルだ。

実際、下位の妃たちはグレイシアの衣装がどこで作られているのか知りたがっていたし、メイドたちもそのデザインに密かに憧れているのを知っている。

「それだけ作れるのなら、そちらを目指されても大成されていたような……」

「無理よ。父が絶対に許さなかったわ」

幼い頃から、父の権力を万全にするために後宮へ行くのだと聞かされて育ったらしい。

「でもね、小さい頃から針と布が大好きだったの。刺繍ならば、父も女性の嗜みとして許してくれたから、その名目で糸と布を仕入れてこっそりと部屋で何枚も作っていたわ」

毎日、妃教育が終わってから描いていたデザイン画。自分と侍女たちくらいしか着る者のいないドレスであっても——。

「グレイシア様」

ふと見せたグレイシアの悲しげな顔に、オリアナは息を呑んだ。陰っている階段で、グレイシアは寂しげに庭で生い茂る綿や藍の葉を見つめている。

「後宮は牢獄よ。一度入って陛下の手がつけば、下賜される以外、ほとんど自分か陛下が死ぬまで出ることができないわ」

「それは……」

多くの者にとってはそうなのかもしれない。オリアナはライオネルのために生きると決めていたが、他に望みがあった者たちだって少なくはなかっただろう。

「それなのに、陛下はその後宮がお嫌いで妃たちを信用されてはいないし。みんな豪華な暮らしはできても、妻としての幸せはきっと望めないわ」

だから、ね、と少しいたずらを告白するように、グレイシアがこちらへ微笑みかけてくる。

「そんな妃たちは私がいじめて、万が一にでも陛下の手がついたりする前に、後宮を出たいと親に頼みやすくしてあげるの」

「え——」

思わずジッと見つめてしまう。すると、緑柱石のようなグレイシアの瞳はいたずらっぽく細められた。

「もちろん、陛下にも体調を崩したと言って退出を希望する妃には、出してあげるようにお願いしてあるのよ。私と陛下は、互いに相手の望みをよく知った仲だから——」

その言葉に、自分とは違うライオネルとグレイシアの絆を感じて、オリアナの胸がなぜかずきっと痛んだ。

(あれ?)

ふと目を瞬く。

(おかしいわ。そんなはずはない)

「ライオネル様は、それを承諾されたのですか?」

「もちろん。だって、あの人は本当はどの妃も抱きたくはないのですもの。だから、私が行って、邪魔をしてやるのよ。それを後宮の妃たちに悪いと思いながらも乗っかっているから、陛下は拒めないの」

――だから、ライオネルはいつもグレイシアの手を取っていたのだ。

そして、グレイシアはそんなライオネルの心の内を理解しているからこそ、彼を独り占めしている。

（あれ？）

また、胸がずきずきと痛むような気がしてきた。

「で、でも――」

どうしてだろう。その光景を想像したくない。

「妃たちの中には、親の意向やしがらみで出ていくことができない者たちもいるのではないでしょうか？」

「そうかもね」

オリアナのやっと絞り出した言葉に、グレイシアがふっと悲しげに笑う。

「だとしたら、哀れね。こんな牢獄みたいなところで、一生を過ごさなければいけないのだから。私は、後宮に入った日に、父が政治的な取り引きをして、陛下を部屋に連れてきた時にもう諦めたけれども――」

「グレイシア様……」

明るい日差しの届かない階段に座り、グレイシアはただ寂しげに笑い続けた。

草引きを終えて、コンスレール宮に向かう白い廊下を歩いていると、先ほどのグレイシアのやるせない表情が思い出されてくる。

(後宮は牢獄か……)

考えたこともなかった。ただ、ライオネルの近くにいられるのが嬉しくて。

でも、お渡りのない大半の妃たちにとってはそうなのかもしれない。

唯一お渡りのあるグレイシアでさえ、あんなにも悲しそうな表情をしていたのだ。

「うーん……」

(私の力でなにかできるかしら。ライオネル様の妻にあたる方たちだ。もし、少しでも役に立てるのなら、なんでもしてあげたいけれど……)

通路に沿って作られたアーチ型の窓から、広い後宮の敷地を見回した。下で働いているのは、メイドたちだろう。衣装の端に薔薇の花の刺繍があるのは、グレイシアの華やかなドレスに憧れて、真似をする人たちが増えてきているからしい。グレイシアのあのデザイン力は、眠らせておくにはもったいないと思うけれども――。

どうしたらいいのかわからず、ふうと青い空を見上げた。

「オリアナ！」

元気な足音が耳に入ってくる。

「メイジー」

顔を音のする方に向ければ、柔らかな胡桃色の髪を靡かせて、メイジーが駆け寄ってくる。

「見てみて！　これ！　第三妃様にいただいたの！」

目を輝かせながら手に持っているもののひとつを差し出してきたので見ると、それは美しいカードだった。

受け取って眺めれば、描かれているのはどうやらメイジーみたいだ。畑の周囲で水の入った壺を持ち、小さな虹と一緒に立つ姿は、水精霊の家系の彼女にふさわしく、さながら植物たちに飲み物を与える女神のようだ。

「綺麗……」

率直な感想が口からこぼれ出た。

「そうでしょう！　昨日、私がまたリーフル宮に呼ばれて草引きをした後、庭の端で泣いていたら、通りかかった第三妃様たちが呼んでくださったの」

そばにいた他の妃様たちと共に部屋へ向かい、そこで描いてくれたのだとはしゃいだ様子で話している。

「第三妃様って、こんなに絵がお上手なのね……」

「私も初めて知ったわ。本当は画家になりたかったけれど、貴族の令嬢が画家なんてと伯爵家が許さなかったそうなの。家で趣味として描かれていたらしいわ」

小さな紙に描かれているメイジーは、緑に囲まれて生き生きとしている。水を畑に撒く姿は雫に包まれ、まるで植物に慈愛を降り注いでいるかのようだ。

そばに小さく書かれているのは、その光景を歌った詩だろうか。植物に水を与える存在として賛美する短い言葉が綴られている。

「これは……」

「あ、その詩はね。第二妃様が書いてくださったのよ。第二妃様は韻文詩や叙事詩、ポエムとかを作られるのがお好きらしいのだけれど、女性では発表の場がほとんどないから。第七妃様が、手作りでいろいろなゲームを考案されるのがお好きなのに協力して、第三妃様とおふたりでカードの絵や文を書かれているらしいの」

「なるほど」

よく見ると、メイジーは他にも似たようなカードを何枚も持っている。どうやら、貝合わせのカード版らしい。トランプをもっと豪華にしたような雰囲気のもので、おそらく、たくさん書かれた詩とも組み合わせて遊べるようにされているのだろう。

「たいていは、国の有名な人の姿を描いておられるようなの。でも、私が昨日頑張っていたと知って、特別に私の姿も描いてくれて！」

明るい顔でカードを見せてくる。

どの絵も、今にも動きだしそうだ。雄々しい将軍たちの姿や有名な精霊術士たちが、そばに彼らをたたえる美しい詩と共にメイジーの手の中で並んでいる。

「どれもステキね」

きっとこの華麗なカードを渡されれば、みんな遊んでみたくてたまらなくなるだろう。

躍動的で美しい絵画と、彼らを的確に表現した短い詩。見ているだけで、心が躍るような品だ。

（これほどのものが作れるのに……）

令嬢というだけで、いや女性というだけで、その名前が表に出てこない。この国では、まだまだ男性が優位なことが多いから――。

幼い頃から家のためにいい男性に嫁ぐことだけを求められ、個人の生き方などは認められなかった令嬢たちのありのままの素顔が、この手の中に並んでいる。

「綺麗ね、とても……」

美しいのに、なぜかそのカードがとても悲しい彼女たちの立場を伝えているようで。オリアナは、メイジーが不思議そうな顔をしている前で、ただ静かに見つめてしまった。

黙りこくっているオリアナを不思議に思ったのだろう。

「今度、オリアナも一緒に第二妃様たちのお茶会へ行きましょうよ」

風を操れるオリアナは、とてもカッコいいのよと話したら、第二妃様たちも興味を持ってくださって――と、明るくメイジーは言っているが、いったいどんな話をしていたのだろう。

（それにカッコいいって……。女性を紹介する表現としては、少し違うと思うのだけれど）

先ほどまでカードに見入っていたせいで、メイジーの言葉にリアクションを取るのが遅れてしまった。

「約束ね。一緒に行きましょう」

そう喜びながら手を振って去っていくメイジーは、カードに描かれているようにとても生き生きとした表情をしている。悩みながらも手を振り返して承諾してしまったのは、昨日草引きをひとりでさせた負い目があったからかもしれない。

（でも、夢か……）

後宮に入るために絶たれたのだとしても、捨て去るにはあまりにも彼女たちの品は見事だった。きっと定められた生き方の中で、唯一自分を発揮できる場所だったのだろう。

（なにか夢を捨てずに済む方法があればいいのだけれど）

少しでも彼女たちが生きやすくなる方法――令嬢に生まれたのも、後宮に行かされるのも、自分たちではどうしようもないことだったとしても、せめて彼女たち個人の生き方は尊重してあげたいと、オリアナは空を見上げた。


「うーん」

あれから数日。思わず声に出して悩んでいると、目の前でひらひらと飛ぶ精霊獣と一緒に遊んでいたテオが不思議そうにオリアナを見つめた。

「どうしたの？」

（あ、まずい！　顔に出ていた？）

「いえ、ちょっとですね」

「精霊獣を出し続けるのは苦しいか？　最近は維持できるようにする練習をしているが、まだ先日出せるようになったばかりだしな」

　辛いようなら五分休憩を挟もうかと、黒い瞳で見つめながら心配そうにライオネルが言ってくる。申し出はありがたいが、時間の短さがやはり鬼上官だ。

（それでも休もうと言ってくれるだけ、ここが戦場だったら優しいのよね……）

　ダメだ。今日はふたりを連れてきたエステルもいるせいか、自分の思考も毒されているような気がする。

「ぱたぱた！　ぱたぱた！」

　無邪気なポーリンの声がした。

　白い精霊獣は、紋白蝶のような模様が内側にある羽を動かしながら、ポーリンとテオの間を今もひらひらと飛んでいる。時折、涼やかな風を起こしてやると、まだ暑いからだろう、ふたりとも精霊獣に向かって気持ちよさそうに目を細めた。

「ぱたぱた、ありがとう！」

　どうやら、ポーリンによって精霊獣の名前はぱたぱたになったらしい。呼びやすいからかまわないが――。

精霊獣を操っていると、急に体が傾いた。

「わっ！」

「大丈夫か？」

後ろからオリアナを支え、前より心配そうに見つめているライオネルの視線に気が付く。

「ありがとうございます。ちょっとふらついて……。午前中、精霊獣を出し続ける自主練習をしすぎたせいかもしれません」

「精霊獣を維持し続けるのは、かなり体力がいるんだ。辛いなら、無理はするな」

気遣わしげにオリアナを見つめてくる。

「本来なら、細切れに少しずつ時間を延ばしていく練習の方が理想なんだが……。それができるよう、君を早くあの子たちの専属メイド兼護衛に命じたいんだが、ちょっと手間取っていてな」

ぎくっと体が強張る。

（まさか、メイド長に私のことを問い合わせたのかしら？）

怖々見ると、ライオネルは端に立っているエステルをちらりと見てから、瞳に残念そうな色を浮かべる。

「エステル事務政官に手続きをするようにと言ったんだが、今はちょうどメイドの人事異動があった後らしくてな。メイド長に交渉するにも、異動が落ちつくまでもう少し時間が必要だから、しばらく待ってほしいと言われたんだ」

ホッとした。問い合わせをして、オリアナ・フォルウェインズなんてメイドはいないとばれたわけではないらしい。

だが、まだ残念そうな顔をしているライオネルに気が付いて、元気に手の平を握ってみせた。

「大丈夫です！　自主練のおかげで、だいぶぱたぱたを操るコツも掴んできましたし」

「その名前で決定なのか……」

なぜかライオネルは、そちらの方に脱力をしている。

「だが、その様子ならば大丈夫そうだな。俺も初めて精霊獣を出した時は、コントロールに苦労して、立ち上がれないほど疲れてしまったから」

光の精霊獣を先に使っていた兄が、肩を貸して部屋に連れていってくれたほどだと話す姿は、どこか懐かしい風景を思い出しているようだ。

（本当にお兄さんのことが好きだったのね……）

今でもなにげない日常を思い出して、微笑みを浮かべてしまうほど。

「ライ……いえ、陛下は、先王陛下と仲がよかったんですね」

「ああ。兄は自分の心臓が悪いのに、炎虎を出せるようになったばかりの俺が、うまく扱えなくて暴走させてしまった時も、必死で精霊の操り方を教えて助けてくれたんだ」

何度も――。受けた炎の火傷で自分が代わりに寝込むようなことになっても、と話す表情はとても柔らかで大切な思い出と伝わってくるものだ。

「それに、光の精霊の力を使ってよく俺の怪我を治してくれた。兄は強力な光の精霊術士で、癒やしの力も持っていたからな。本当は、その力の持ち主である兄本人が、一番自分の病を誰かに癒やしてもらいたかったはずなのに。いつも俺の怪我の心配ばかりして……。術者本人にはその癒やしの力が使えないのを知って、どれだけ俺が悔しかったか」

だから、代わりにすべての敵から兄を守ろうと誓ったんだと、ライオネルは大切な記憶を取り出すように語っている。

それならば、兄が遺してくれたふたりの子供たちを大切に守りたいという気持ちも痛いほどわかる。

「ぱたぱた。ぱたぱた!」

「ほら、ポーリン。こっちに来た!」

ポーリンの声に少しだけ精霊獣の高度を下げてやると、手の周りで動く羽に、テオがそばで興奮した声をあげた。

(かわいい)

ライオネルに似ているからとか、大切に思われている存在だからとかだけではなく、このふたりの見せるあどけない笑顔や広げる小さな手の平に心の底からそう感じていく。

「ああー、たかくなったあ」

捕まえられるかと思ったのにと、また上にすっと羽を翻してしまった精霊獣に、ポーリンとテオが残念そうに手を伸ばしている。

「ここなら、届きますよ？」

もう一度精霊獣を低く飛ばせてもいいのだが、風の化身を地面近くまで下ろし続けるのは、なかなか精神力がいる。続けると、ふとした瞬間に精霊獣が消えてしまいそうになるので、幼いふたりの体の方を屈めた膝の上に抱えてやった。

「うわあ」

膝の上に立てば、オリアナの目線より上になる。ひらひらと飛んでいる精霊獣の羽に触れることができるため、テオが青い瞳を大きく開いて叫んだ。

「羽、柔らかい！」

鳥の姿だから羽毛のような感触なのだろう。

「とりさん、ふかふか」

ポーリンの感想には、パンみたいだと内心つっ込みを入れるが、きっとポーリンにしてみれば精霊獣の感触に素直に驚いたのだろう。

テオと同じ青い瞳を輝かせて、ジッとぱたぱたを見入っている。

無邪気に遊ぶふたりを膝に乗せているオリアナの姿を、ライオネルも苦笑しながら優しい眼差しで見つめた。

「子供たちを遊ばせるのがうまいな」

「妹がいますからね。鬼ごっこでも隠れんぼうでも、お付き合いできますよ」

「ハハハ、それはありがたい。王宮では、子供たちと走って遊んでくれる女性は少ないからな」

ぜひ、手が空いた時に頼むと笑いながら言うライオネルの姿が嬉しくて、「はい」とオリアナがふたりの子供たちを膝に乗せながら元気に答えた時だった。

ライオネルの後ろから、いつの間にかひとつの影が近付いてきているのに気付く。

「いいですねー、オリアナ様。まるで四人で、家族のようではありませんか」

突然背後からかけられた声に、ライオネルの肩がぴくっと揺れた。

「お、お前……。突然、なにを！」

「突然と言われましても、ずっと端におりましたが」

焦る姿に、ふふんとエステルは笑っている。

「いえいえ、ただ私は陛下の今のお姿が、まるで子供を持つ夫婦のようだと感じただけで。いかがですか？　陛下もお気に入られたようですし」

「いかがって……。そんなまるで護衛の騎士を薦めるような口調で」

「護衛に、夫婦のようとは言いません」

ぴくっとエステルの額に青筋が浮かんだような気がした。

そのままエステルは一度首を横に振り、ふうっと大きな溜め息をつく。

「陛下、私はお父君の頃より仕え、陛下のご成長を見守ってきました。将来、兄君を支える武人になりたいという陛下のお志に応え、誰よりも優れた戦士となれるよう計らってきたつもりです。武人には、常に後方を守り前線で戦う支援をしてくれる存在が不可欠！　なのに陛下は、この後方支援の大切さをわかってはおられません！」

「戦うって……。今は戦争をしているわけではないのだから」

「王たるもの、官僚との折衝でも外国との交渉でも、常に戦いの気概は必要！　それなのに、それを担ってくれる者が後宮にひとりもいないとは！」

かっと目を開くと、くるっとオリアナに向き直った。

「ちなみに尋ねますが、オリアナ様。陛下の後方支援を担うおつもりはおありで？」

「あ、補給とかですか？　それならば、将来は陛下に命を捧げると決めていましたので、ひと通りきちんと学んでおります」

「上々です、それなら問題はありません」

「いや、ありまくりだろう⁉　今のお前の発言は、絶対に補給や留守居役のことではないだろうが⁉」

しかし、慌てて反論したライオネルにも、エステルは、ばっと手を持ち上げる。

「英雄色を好むというではありませんか！　それなのに、英雄にお育ちになった陛下が、女性のひとりとも色事に耽られない！　これでは、英雄の名倒れにございます！」

「いや、お前、ちょっと待て」

「多くは望みません、もう諦めていますから。でも、せめてひとり！　これという方を見つけて、酒色に溺れ、円満な家庭を築いてほしいと願うのはおかしなことでしょうか？」

「いや、正式な妻を薦めるのに、浮気の慣用句で説得しているところが、まずおかしいからな？」

とりあえずそこに気付けと叫ぶライオネルから、エステルは腕を組んで目を逸らす。そのとぼけた顔に、はあはあと肩で息をつきながらライオネルが呟いた。

「第一、誰かのもとに通えと言うのなら、もうグレイシアがいるだろう？」

その言葉に、オリアナの胸がずきんと大きく痛んだ。

（あれ？　まただわ。おかしいわね、私はそんなつもりではないのに……）

どうして、今ひどく胸が痛んだのか。

ライオネルとグレイシアの関係は知っていたはずだ。

しかし、焦りながら答えるライオネルを、エステルは薄く笑いながら見つめる。

「グレイシア様ですか。たしかにお通いになってはおられますが、私には認められませんねえ。あんなドライな関係。三日続けてとは申しませんが、せめてひと晩愛を囁き続けられるくらいの相手を見つけるべきでしょう。とても相手の肌に溺れているとは思えないような短い滞在時間では――」

「わ、わ、わーっ！」

（エステル様、幼い子供たちの前でなにを言い出すの！）

咄嗟にふたりの耳を片手ずつで塞いだ。ふたりの頭を寄せ合って、なんとか聞くのを阻止しようとするが、身長に差があるからどうやら無理だったらしい。

「肌に溺れるって、父上泳ぎが苦手なの？」

「あいをささやくってなにー？」

（ああ、子供たちの無邪気な質問が辛い）

しかし、グレイシアとライオネルの関係はそんな感じだったのか。道理で、この国の王の寵愛を独り占めしながらも、グレイシアがあれほど寂しげだったわけだ。

夢を絶たれ、無理やり入らされた後宮でも、夫の愛を感じられないとすれば――。

ふと心に悲しいものがよぎった。

だが、腕の中では、まだふたりの子供たちがねーねーと声をあげ続けている。

「ねー、オリアナ。今のはどういうこと？」

「グレイシアさまってだあれ？　ちちうえのおともだち？」

うっと詰まった。無邪気な顔で尋ねられたら、ここはごまかすしかない。

「そうですね。私もお話しさせていただいたことがございます。夢について――」

「夢？」

おっと思った。どうやら、ふたりの関心は逸れたようだ。

「ええ、自分が将来なりたかったことについて。私は、将来陛下のおそばで働くのが夢でしたが……。テオ様とポーリン様は、なにか夢とかはありますか？」

「夢……」

うーんと、テオが少し困ったように顔を伏せる。しかし、その横で、ポーリンはあどけない表情でオリアナを見つめた。

「どんなのでもいいの？」

「ええ。やってみたいこととか、欲しい物があれば――」

せめて叶えられるだけはしてあげたいと思って覗き込むと、ポーリンは青い瞳を大きく開かせながら、その顔を輝かせていく。

「ほしいものでもいいの⁉　だったらね、ポーはおかあしゃまがほしい！」

「え⁉」

その瞬間、オリアナだけではなく、ライオネルまでもが固まった。

「ポ、ポーリン様。今なんて……」

「だからね、ポーはずっとおかあしゃまがほしかったの。ねえ、おかあしゃまってどんなかんじ？」

どんな——と尋ねられると困ってしまう。

場の空気が凍ったことに気が付いて、横にいたテオが焦りながらポーリンのあどけない顔を覗き込んだ。

「ポーリン！」

「母上は死んだんだよ！　だから、もういないの」

「いない……？」

「そう。もう天にある精霊の国に行ってしまったんだよ！」

（ああ、そうか）

ふと、わかった。ポーリンは、母親が亡くなったということがまだよく理解できないのだ。

「でも、みんなおかあしゃまがいるもの。でも、ポーとおにいちゃまだけ、いないなんて……」

大きな青い瞳に涙が浮かんでくる。きっと亡くなった時はあまりにもまだ小さかったから、死んだことをよく覚えてはいないのだろう。慌ててライオネルがそばへ駆け寄ってきた。

「ポ、ポーリン！　乳母ならいるだろう？　ほら、いつも優しくしてくれる……」

しかし、ポーリンはふるふると首を横に振っている。

「おかあしゃまがいいの！　うばは、ちがうこのおかあしゃまだもの！」

「それはそうだけど……。でも……、母上はもう……」

困惑したようにテオが瞼を落とす。

「で、では、養母役を誰かに任じるというのではどうだ？　母親みたいにずっと一緒にいてもらえる女性に……」

焦るライオネルの案にも、ポーリンはいやいやと首を横に振っている。

「おかあしゃまがいいの！　ポーとおにいちゃまのほんとうのおかあしゃま！　それがほしいの！」

叫ぶ様子に、ライオネルの後ろからエステルが笑みを浮かべながら近付いてきた。

「陛下、これはどなたかをポーリン王女様の母親と決めるしかありませんねぇ……」

「な！　お前、その意味がわかって言っているのか⁉」

「もちろんです。陛下が次代の跡継ぎと定められた正式な養子であるテオドラール王子様とポーリン王女様の母親。これは陛下の后となる方以外に務まる話ではありますまい？」

気のせいだろうか。エステルの笑みが、今がチャンスだと言っているように見えるのは。

「今すぐ、後宮の側妃様の絵姿をすべてご用意いたしましょう！　そうではなく、陛下がお気に召して、ずっと一緒にいたいと思われる女性がいたのならば、もちろんその方でも宮廷中を説得してみせますが！」

まずい、後宮の女性の絵姿など用意されたら、オリアナのこともばれてしまうかもしれない。

だが、困ったライオネルは意外な発言をした。

「こんなことを言っているが、エステル事務政官も多分根は優しい女性だ。お前たちが望むのなら、彼女にお前たちの養母役を今すぐ命じるが……」

「いーやー！」

「ポーリン王女様、ここで期待される最高のリアクションです。でも、ちょっとだけ落ち込ませてください」

言うや否や、がくっとエステルは肩を落とす。なんだかんだ言いながら、どうやらポーリンたちのことを、心底かわいがっていたらしい。

だが、その間にもポーリンの大きな瞳には、うるうると涙の粒が溜まっていく。

「ポ、ポーリン」

慌てて抱えようとライオネルが手を伸ばしたが、小さな指でぺしっとすると、ポーリンはオリアナの膝から飛び下りた。

「どうして、ポーたちだけおかあしゃまがいないの？　おかあしゃまがほしいだけなのに！いじわるするちちうえなんかきらい！」

泣きながら叫ぶと、そのまま鍛錬場の出口をめがけて一目散に走っていく。

「ポーリン様！」

慌ててオリアナが手を伸ばしたが間に合わない。そのままポーリンの幼い姿は鍛錬場から出ていってしまった。

「陛下！　早くポーリン様を追わないと！」

「あ、ああ。そうだな」

　どうやら、嫌いと言われたことが相当堪えたらしい。表情が固まったまま手を伸ばしていたライオネルへと叫ぶと、オリアナも急いで鍛錬場の外に向かう。

　ここから東一帯は、普段騎士たちが剣の練習などに使っている場所だ。いくつにも区切られたその一角を使っていたから、もしポーリンが今誰かが打ち合っている場所にでも行けば、危ないことこの上ない。

（一刻も早く捕まえないと！）

「ポーリン！」

　追いついたテオとライオネルと一緒に向かうが、鍛錬場の出口からどちらへ行ったのかわからない。

（どっち？）

　そもそもこの王宮の造りは、図面でしか知らないのだ。東に行けば、騎士たちの他の鍛錬場や弓場に繋がり、北に行けば森のような庭が広がっている。西はたしか多くの建物が並ぶ区画だ。そこに入り込まれたら、簡単に見つけることはできないだろう。

「テオとオリアナは、北の庭を捜してくれ！　エステル事務政官は人手を募って、西の区画を！　俺は東の騎士たちの方に紛れ込んでいないか捜してみるから！」

「はい！」

ライオネルの言葉で、急いでみんなが散らばっていく。遠くで見ていたテオたちの護衛も、それぞれが散らばって捜し始めている。

オリアナもテオと一緒に、大きな樫の木が茂る北の庭へと走っていった。

「ポーリン、母上のことを覚えていないんだ……」

そばで一緒に走っていたテオが、ぽつりと言葉を漏らす。

「亡くなられた時に小さすぎて……。だから、他の子供たちにはみんな母上がいるのに、自分だけいないからずっと欲しかったみたい……」

「テオ様……」

考えてみれば、母親が亡くなったのは、ポーリンが一歳半から二歳になるまでの間だったのだろう。そんな年で愛してくれる母の手を突然失ったのなら、他の子たちを羨ましく思っても無理はない。

だが、それならテオの方は――。

心配になって、庭を走りながら顔を覗き込んだ。

「テオ様は……大丈夫なのですか？」

「欲しくないと言えば嘘だけど……。でも、少しだけ僕は覚えているから。母上がもう帰ってこないというのはわかっているんだ。覚えているといっても、顔ではなくて、ぼんやりとした姿と抱きしめてくれた手だけなんだけど。それがお葬式の日には冷え切っていて、もう二度と動かないとわかったから……」

どんな思いで、この子は死んだ母の姿を眺めていたのか。ぼんやりとした姿と手しか覚えておらず、それが冷え切っていくのを見つめていたという言葉に、胸が切り裂かれるような気持ちになってくる。

（ああ、だから、ライオネル様はこの子たちを自分の子供にしたのだわ……）

跡取りにしたいのなら、別に甥のままでも問題はなかったはずだ。先王の遺した王子と王女。ライオネルに子供が生まれれば、跡継ぎ争いの可能性は出てくるが、第一王位継承権を認められていればなんとかなる話ではあっただろう。だが、それ以上に父と母を亡くして悲しんでいる子供たちを抱きしめて、寄り添ってあげたかったに違いない。自分が父親となることで、少しでも失った幸せを取り戻せるならばと考えてしまうほどに——。

今も、走っている小さなテオの背中は、母の死について強がりながら話しているとわかるほど小刻みに震えているというのに。

「ポーリン！」

過去を思い出して俯いていたが、やはり兄だからなのだろう。たったひとりの妹を捜して、茂る木々の中へ大きな声を張り上げた。

「ポーリン、出ておいで！　一緒に父上のところへ帰ろう！」

ふと、この子たちが父と呼べる存在になってくれたライオネルに感謝の念が湧いた。

「ポーリン様！　一緒にお父様のところへ帰りましょう！」

お迎えに来ましたよと、立ち並ぶ木の陰へ向かって呼びかける。

そうだ、帰ってきてほしい。もう本当の父や母がいなくても、この子たちにはまだ愛を与え一緒に過ごそうと言ってくれる人がいるのだから――。

「ポーリン！」

「ポーリン様！」

広い庭の中を、木立の陰を覗き込みながら捜すが、小さな姿はどこまで走っていってしまったのか。それとも、出たくなくて隠れているのか。

「私はあちらにあるゴールドクレストの木の付近を捜してみます。テオ様は、この辺りで、ポーリン様が隠れていないか、枝の陰などを確かめてみてくださいますか？」

「うん、わかった」

手分けをする場所を確認すると、少しだけ離れたゴールドクレストの木が立ち並ぶ場所へと走っていく。細かな葉が広がる木だ。根本付近まで枝があるため、子供が隠れんぼうをするにはもってこいの場所だし、以前周りに小さな花も咲いていると聞いたから、ポーリンがそれを気に入って遊んでいる可能性もある。

「ポーリン様！」

目の端にテオの姿が届くくらいの距離まで走ると、急いで周囲を見回した。

木の陰のどこかに隠れていないかと捜すが、あちこち覗いても、それらしき小さな影はない。

「こっちではないとしたら、あとはどこに……」

もっと奥に広がる檜の木の方だろうか。特に華やかなものはないはずだが、こちらと同じようにところどころに花は咲いているだろう。

それならば、急いで戻ってそちらへ向かわないとと、テオの方を振り返った時だった。

見たことのある影が、テオのそばへと近付いてくる。

「テオドラール王子殿下」

離れていても、微かに聞こえてくるこの声は覚えがあるものだ。ハッとオリアナは目を見開いた。

たしか、先日ライオネルに追い払われていたマンニー国の使者のものだ。今日も膝まで届く長い上着を纏っていることからもまず間違いない。

「お話は伺っていましたよ。殿下のお母様にお会いしたいのですか?」

突然現れた男の言葉にテオは頷くこともできず、警戒するように見つめている。

「それならば、ポーリン王女殿下とぜひ我が国にいらしてくださいませ。殿下のお母様の遺されたお品がいっぱいありますよ」

「母上の?」

少しだけ後退ろうとしていた足を止めて、テオがマンニー国の使者を見つめた。

「そうです。昔のお姿を見られたことはありますか？　我が国ならば、高貴なお生まれであるお母君の、幼い時から成長された姿の絵まですべて遺っておりますよ。もちろんテオドラール殿下と同じくらいの年の頃の絵もございます」

「母上が……僕と同じ頃の……？」

「ええ。この国では、殿下は先王陛下にそっくりだと言われていますが、私から見れば卑しいこの国の者より、その瞳の色にこそ尊いお母君のお血筋が現れていると思います。お母君がお生まれになったマンニー国に——ご興味はございませんか？」

一歩前へと出てくる男の言葉に、テオが魅入られたように動きを止めた。

「母上が……生まれた国……？」

「はい。我が偉大なるマンニー国王陛下は、勘当されたお母君をこのたびお許しになりました。この卑しい国の血同様、高貴なる姫君の血筋をも持たれる殿下たちを、これを機会にマンニー国へ迎え入れられたいというおつもりでございます。どうか、私と一緒にマンニー国へおいでになりませんか」

男の手が、動かないテオの頭上へと伸びてくる。皺だらけの手が肩を掴むのよりも早くに、オリアナの腕の先から白い羽ばたきが舞い上がった。

「行って！　ぱたぱた！」

「うわっ！」

白い翼が風に乗って向かっていき、近くから男の目元へと羽根を飛ばす。

「テオ様！　早くこちらへ！」

「オリアナ！」

男が目を覆った一瞬の隙をついて、駆け寄ったテオへと手を伸ばした。そして、しがみついてくる体をギュッと抱きしめてやる。

「もう大丈夫ですよ」

「うん……」

（――まさか、子供にあんなことを言うなんて）

ふつふつと怒りが湧いてくる。

母親の話を餌にされたとはいえ、あんな言葉とともに伸ばされてきた手は本当に怖かっただろう。オリアナに小さな手で縋りつくと、やっとテオはホッと体を緩めている。

（まさか、こんな強引にマンニー国へ連れていこうとするなんて……！）

今の様子では、ライオネルの承諾さえ取らず、隙さえあればテオを連れ去るつもりに見えた。端からこの国を対等に見てはいないのだ。

（とりあえず、ライオネル様に話しておかないと――！）

いや、ひょっとしたらもう気が付いているのかもしれない。だから、使者がいる間は、ふたりが護衛から離れないようにとあれほど言っていたのだ。

気を付けなければと、自分自身に言い聞かせる。そして、ハッと思い出した。

「ポーリン様……！」

どこに行ったのか。

（まさか、もうさっきのマンニー国の使者の手に……！）

「ポーリン様！」

焦る気持ちで、奥の森へと向かって声を張り上げた。

返事はやはりない。

急いで奥の木立の中へと駆け込んでいく。庭だから整備をされているはずなのに、緑が生い茂ったここは、まるでどこかの深い森みたいだ。きっと土の精霊術に長けた者が世話をしているのだろう。

檜の木々の枝が重なるように垂れ下がり、夏の終わりの日差しを遮って地上を暗い影で覆っている。走っても汗の滲む量が少ないところを見ると、頭上はかなり鬱蒼としているのだろう。わざと自然の森に近付けているのかもしれないが――。

（こんなところにポーリン様がひとりでいるなんて）

「ポーリン！」

テオが声を張り上げた。微かに、遠くの方でぐすぐすっと泣いている声が聞こえる。

（いた！）

目を凝らせば、ふたり並んで抱えても足りないほどの巨木の陰で蹲《うずくま》り、うさぎのぬいぐるみを抱えている幼い姿があるではないか。

「ちちうえ……おにいちゃま……、ここどこ……？」

ぐすんぐすんと洟《はな》を啜り上げる音が聞こえてくる様子からすると、どうやら今いる場所がどこかわからなくなって蹲ってしまったようだ。

慌てて周囲を確かめたが、ここにはまだマンニー国の使者は来ていないらしい。

「ポーリン様！」

「ポーリン！」

オリアナとテオが走りながら大きな声で呼びかけると、やっと気が付いたのだろう。急いでこちらを振り返った青い瞳が、涙にまみれながら、さらに大粒の雫を浮かべ始めている。

「おにいちゃま！　オリアナ！」

うわーんと叫びながら走ってくるのは、暗い木立の中で、よほど心細かったからだろう。

「大丈夫だった？　ポーリン！」

「おにいちゃま、おにいちゃま……！」

どれだけ不安だったのか。テオに駆け寄ってくると、そのまま幼い体に縋りつき、わんわんと泣いている。その頭を横からそっと撫でた。

「ポーリン様、お怪我がなくてなによりでした」

優しく見つめれば、その瞬間、ポーリンが驚いたような顔をしている。

「おこらないの……？」

（そうか、怒られると思ったから余計に不安だったのね）

迷子になってしまい、帰り道もわからなくて。戻りたいのに、喧嘩をして飛び出してきたから、見つかれば怒られるかもしれないと心配だったのだ。

オリアナは優しく涙を拭ってやった。

なんて、愛らしい存在なのだろう。こんな小さな手で反抗されても、本気で憎めるはずなどないのに。

「怒るとしたら、それはポーリン様のことが心配だったからですよ。陛下がポーリン様を叱られるのは、いつも本当に大切で、かわいく思われているからです」

「うん……」

優しく髪を撫でながら抱き上げてやると、しゃくりあげていたポーリンは少しずつ落ちついてきた。

「ポーリン！」

東の方には行った気配がなく、ライオネルもこちらを捜しに来たのだろう。遠くから三人の姿を見つけて、慌ててこちらへと駆け寄ってくる。

「いたのか。どこにも怪我をしてはいないか？」

無事を確かめるように近くから覗き込んできた視線に、一瞬だけびくっとしたポーリンが、こくんと首を縦に振った。

「陛下、ポーリン様も迷子になって反省されているようです。どうか、今日はもう叱らないであげてくださいね」

「え、あ、ああ……」

その言葉で、やっと叱らなければならなかったのだと気が付いたように、慌てて頷いている。

（こんなことも思いつかないほど心配していたなんて）

抱いている幼いポーリンを覗き込むライオネルの眼差しを見ていると、不思議と心に温かいものが溢れてくる。

「よく見つけてくれた、ありがとう」

「いいえ、ポーリン様が無事でなによりでした」

その言葉が、オリアナにとっては勲章だ。温かな気持ちをこめながら、目の前に立つライオネルの姿を見つめた。

「テオもよく一緒に見つけてくれた。助かったぞ」

ライオネルがそう話せば、頭を撫でられたテオも、手の平の下でくすぐったそうな顔をしている。

泣いていた妹によくしてやった癖で、オリアナは、抱えたままのポーリンの背中をとんとんとあやすように撫でた。

「おともだちが、よくこんなのされていた……」

泣き疲れたのだろう。少しだけポーリンの目はとろんとしている。

「おかあしゃまって、こんなふうにだっこをしてくれるんでしょ？」

「ええ、そうかもしれませんね……」

母になったことはないからわからないが、きっと泣いている子の背中を優しく撫でてあげたりするのだろう。そう思いながら口にすると、ふわっとポーリンの顔が緩んだ。

「えへへ。オリアナが、なんだかおかあしゃまみたい」

あどけないポーリンの笑みに触発されたのか。ずっと目の前で立っていたライオネルが、ぽつりと言葉を漏らした。

「君は……不思議だな」

「そうですか？」

「ああ、身分のしっかりした女性にしては、飛んだり走ったりして子供たちとたくさん遊ぼうとしてくれるし」

「それは……」

単に自分ががさつということでは——とオリアナは思うが、ライオネルは微笑んでいる。

「それに、必死になって子供たちを捜してくれた。すごく親身になって接してくれるからだろうか。君が子供たちといる光景は、なぜかひどく心地よくて――ホッとするんだ」

見つかったせいかもしれないがと笑っている。その顔に微笑み返した。

「私は――陛下に命を捧げると決めていましたから。今回、少しでも助けになれたのならよかったです」

「その言葉のおかげかもしれないな。君は、まるで戦場で一緒に戦うと決めた兵士たちのように裏表がなくて、信じてもいいと感じられる」

（こんなところでまで、戦場という発想が出ること自体、随分とエステル様に毒されてはいませんか？）

思わず心で思ったが、なぜか顔にはライオネルと同じように明るい笑みがこぼれてくる。

「人生を陛下に預けるという意味では、戦場の兵士たちと私は似ているのかもしれませんね。絶対に裏切るつもりなんてないですし。陛下も、そう私のことを捉えてくださったらいいんですよ？」

「いや――兵士たちと同じに思うには、君は……。なんだろう。うまく言えないんだが、ひどく居心地がよくて。このままみんなで――ずっと一緒にいたいような気分になる」

（え、それって……）

一瞬、心臓がどくんと跳ねた。こちらを見つめてくるライオネルの漆黒の瞳があまりにも真摯だったからだろうか。吸い込まれてしまいそうな気がして、心臓がもう一度どくんと大きく鳴った時だった。

「ずっといっしょに……？」

聞いていたポーリンが首を少し傾げながら呟いた。そして、「あ」と思いついたように、オリアナを見上げる。

「だったら！　オリアナがポーのおかあしゃまになって！」

「え⁉」

ふたり声を揃えて、ポーリンを見つめた。

慌てたのはオリアナだけではない。前でライオネルも、焦ったようにポーリンへ手を差し出していく。

「ポ、ポーリン！　突然、なにを！」

「え？　だって、えすてるじむせーかんは、ちちうえがいっしょにいたいとおもったひとが、ポーのおかあしゃまにいいといっていたわよ」

うっとライオネルの顔が固まる。恐るべし、子供の記憶力。

「ポーね、オリアナのだっこなら、おかあしゃまみたいなきがしたの。それにちちうえもいいんでしょ？　それならオリアナに、ポーのおかあしゃまになってほしいの」

「い、いや、それは……！」

慌てたようにライオネルがこちらを見つめてくる。

（それは、困るわよね）

エステルが言っていたのは、ライオネルの后になる人のことだ。いくらポーリンが母親を欲しくても、軽々しく決められる話ではない。

だから、わかっていますよというつもりで焦る姿を見つめたのに、視線の合ったライオネルは、なぜか突然赤くなった。

ぽっと顔に火がついたようになり、少しだけ俯く。

「無邪気にそう言うが、お前たちの母になるというのは、俺の后、つまり正妃になるということだ。後宮に入るだけではなく、立后式も挙げ、正式な妻として生涯連れ添う女性となるんだが……」

どうしてだろう。通じていないような気がする。それどころかあまり嫌そうな口ぶりでないのも謎だ。ただ、ひたすら純粋に焦っているような——。

「それに、テオの意見だってある。俺がそばにいたいからとか、それだけで決めるのは……」

（なんだかライオネル様の反応が……）

どうして、こんなにも赤くなっているのだろう。相手が目の前にいるので、出された話に困惑しているのかもしれないが。それにしては、なにかが変な気もする。首を傾げたその前で、話を振られたテオは、きょとんと考え込んでいる。

「オリアナが母上……？」

「そう、さすがに急だろう⁉」

ゆっくりだったらいいのだろうかとなんだか疑問になってくるが、首を捻ったテオは少しだけ考えて頷く。

「うん……、僕もオリアナだったらいいよ……。手が温かくて――なんだか、母上が撫でてくれた時を思い出したんだ」

この瞬間のライオネルの表情をなんと形容したらいいのだろう。信じていた最後の砦を失ったというような狼狽ぶりだ。

「い、いや。たしかにオリアナと一緒にいるのは、俺も気持ちがいいが――。そばにいて、ホッとするのも事実だし」

うろたえていたライオネルが、なぜか一瞬口を閉ざした。しばらく黙り込み、やがて見ている前で、さらに、かああっと真っ赤になっていく。

(え、なんでその反応⁉)

「い、いや。だがな……。これは、ちょっとあまりにも急すぎて」

「ゆっくりだったらいいの？」

問いにくい質問をずばっと尋ねたのは、今もオリアナの腕の中にいるポーリンだ。

「ゆっくりというか――。それに、オリアナの気持ちだってあるだろう⁉　いくら俺に命を捧げるとは言っても――」

「私は――」

一瞬、言葉が切れてしまった。

もちろんライオネルが望むのならば、それに背く気はない。ポーリンたちの希望とはいえ、ライオネルが叶えてやりたいと思うのならば、どんな願いであろうと、全身全霊を懸けて達成するつもりだ。

しかし、今言い淀んだのは、後宮にいるグレイシアの顔が脳裏に思い浮かんだからだ。

――夢を絶たれ、愛すら感じられない生活を送っている彼女。

寂しげに見えた面影が、返事を躊躇させた。

だが、オリアナが睫を伏せたことで、ライオネルも言葉を途切れさせたようだ。

「オリアナ……」

「押しが足りませんねえ」

突然ライオネルの後ろから声をかけてきたのは、エステルだ。にこやかに笑いながら、オリアナが抱えているポーリンを見つめている。

「無事見つかってよかったですね。ですが、陛下。アシストがある時は、狙う獲物は攻めの一手で！」

なぜかぐっと指を立てている。

「戦法にもあるではありませんか。押せる時に押せと」

「それはいったいなんの戦法だ……！」

「主に、兵士たちが女性を口説く時に用いておりますが」

「その話題を、なぜお前が知っているのかとか兵士たちと普段どんな交流をしているのかという疑問はとりあえず置いておいて。どうしてそれを今戦法として俺に伝える？」

ぐっと眉を寄せながら尋ねると、エステルはにっこりと笑い返す。

「告白かと思いましたので」

思わずむせてしまったライオネルに罪はないだろう。ここまでくると、エステルは、ライオネルの反応で遊んでいるような気がしてならない。

おそらく、半分は本当に心配しているのだろうけれども。

「変なことを言うな！　周囲に聞かれたら、オリアナが困るだろうが！」

「そうですかねえ？　あまりそうは思えませんけれど」

言いながら、くすくすとライオネルの反応を見つめた。

「だいたいお前は、西側を捜しに行ったのだろう。それが、どうしてここに来たんだ」

「あ、そうでした」

明るく笑いながら、オリアナへと向き直る。

「実は、そこでお客として訪ねてこられた方に出会いまして――」

「客？　私のですか？」

見つめる視線に自分のことだろうと推察しながら応えると、エステルは、にこやかに笑いながら首を縦に振っている。

「ええ。幼馴染みと言われていますよ。ずっと一緒に育ってきた殿方だとか」

「殿方……」

その言葉にはピンとこない。

「はい、飴色の髪の」

飴色の髪。そして、幼馴染み。頭の中で反芻してみて、やっとひとつの姿が浮かび上がった。

「まさか――セイジュ!?」

思い出した名前につい笑みがこぼれてしまう。その顔の変化に気が付いたのだろう。ライオネルがなぜか驚いたように目を見開いて、オリアナを凝視した。

第五章　再会した幼馴染み

木々の間に見えるセイジュの姿に、オリアナは抱いていたポーリンを急いでライオネルに預ける。

「オリアナ？」

「ごめんなさい、友達だからちょっとだけ行かせてくださいね」

腕から離されて不満そうなポーリンに、片目を瞑りながら謝る。ライオネルにもひと言告げ、頭を下げた。そのまま駆けだすオリアナに、ライオネルがなにかを言おうとして、ハッとしたように口を押さえている。

その姿に気が付いたが、今はとにかくセイジュのことが先だ。

（どうして、王宮にいるのかしら？　それに、私は後宮にいると知っているはずなのに）

疑問に思うが、急いで走っていけば、だんだんと近付いてくる顔に懐かしさが先に立ってしまう。

「セイジュ！」

手を挙げて、思い切り呼びかけた。

「オリアナ！」

向こうも満面の笑みで走ってくるオリアナに気が付いたのだろう。

爽やかな笑顔で、こちらへ向かって大きく手を振っている。

「久し振り！　どうして、王宮に？」

ルースのもとで学んでいた時と同じように笑顔で近付くと、セイジュもその頃と変わらない屈託のない表情で答えた。

「ああ、ついに官吏の試験に合格したんだ！　警察府に配属されたから、これからは王都勤めだ！」

「すごい！　今まで頑張ってきたのが、実を結んだのね」

長年、オリアナと机を並べて学んでいた友人の快挙だ。全国の優秀な者たちといくつもの試験を競って残った。これが喜ばずにいられるだろうか。

「ああ。それで報告とこれからのことを話したいと思って、後宮のお前のところに来たんだが――」

そこまで言ったところで、急にセイジュの首がかくんと傾げられた。

「どうしてお前、後宮の外に出ているんだ？」

「……うっ！」

まずい。ひょっとして、エステルに、後宮に住んでいることを話したのだろうか？

「それ――さっきエステル様に言った？」

「ああ。後宮勤めのオリアナ・フォルウェインズに面会をしたいと申し込んだんだが――なぜか、ここで待つようにと言われてな」

汗が額に滲んでくる。

(どっちだろう?)

気が付いているとも、いないとも取れる尋ね方だ。単にグレイシアと関わりのあるメイドだったと思われているのならば問題はないが――。

「彼女には、今はこちらで仕事をしていただいていますと言われてな。お前、後宮の外でなにをしているんだ?」

(うん、名前はしっかりと把握されている。このやり取りならば、どちらにも思えるけれど――)

しかし、その瞬間ハッとした。

(待って! そういえば、さっきなぜかエステル様が、私のことを『オリアナ様』と呼んでいなかった?)

まずい、ばれている予感がすごくしてきた。ひょっとして、気が付きながら目を瞑っているのではないだろうか――。あのエステルならば、ありえそうな気がしてしまう。

汗が流れ落ちていく。次第に引きつった笑みになっていくが、目の前にいるセイジュはそれよりも気になることがあったらしい。

「なあ――オリアナ。お前、ここでうまくやれているか？」

「うん？」

どういう意味だろう。おそらく、後宮の妃としてという意味だと思うのだけれど。

軽く首を捻ると、セイジュは言いにくそうに言葉を続ける。

「噂によると、陛下は後宮にはほとんど通われていないそうじゃないか。そんなところに一生お前がいるなんて――」

「ああ」

心配してくれていたのだ。

「たしかにライオネル様は後宮には、ほとんどお通いにならないけれど。それなりに楽しく過ごしているし――」

「でもな。それだと、陛下のために働きたいと頑張っていたお前の願いは、すべて無に帰してしまうだろう。それになによりも――」

手をぐっと握りしめたセイジュが、思い切ったようにオリアナに目を向ける。

「がさつなお前が後宮勤めなんて――。もう俺も父も男爵様も、毎日なにかを壊してはいないかと、胃が縮むような思いで！　それに、万が一、お前が故郷の一部の女の子たちに向けられていたみたいな目で見られて、陛下との三角関係になりでもしたらと思うと！　もう日々心臓まで、ギュッとなっていくような心地がするんだ」

いったいなんの心配をしているのだろう、この友人は。そう心の中で呆れるが、どうやら、セイジュは本当に胃が痛いらしい。

「まったく……。どうしたら、私がライオネル様のお妃様に惚れるという発想が出てくるの」

「惚れる心配をしているのはお前じゃない！　お前が三角関係のもとになりそうだからだ！」

どういう不安だ。なぜ女のオリアナが妃に惚れられるという考えになっているのか。

「だから父と男爵様と相談して、やはりここは問題が起こるより前に、お前を説得して、後宮から退出させようという話になったんだ」

「うん、動機はいろいろと理解できないけれど、セイジュがわざわざ来た理由はわかったわ」

心配の内容が謎だと、思わず苦虫を噛みつぶしたような顔をしてしまう。だが、頷いたことでセイジュの顔はぱっと輝いた。

「父が最近宮廷の知人に聞いた話によると、陛下はどうやら後宮を辞したいと希望する女性は、快く実家に帰してくださるらしい。体調が優れないからと申し出れば、そのまま妃をやめ、後宮から退出することができるそうだ」

「ああ――そういえば、そんな話も……」

どうやらグレイシアの作戦は功を奏しているようだ。おそらくグレイシアがやっているいじめについてライオネルは知らないのだろうが、後宮に不信感を持っているから、約束通り勤めを退きたいと申し出た妃の望みを叶えてやっているのだろう。

新しい生き方を探して幸せになっていくのなら、それもひとつの方法だと思うけれども。

「だから、お前が希望すれば、後宮を出られる！　そうすれば、夢だった官吏をまた目指すことができるんだ。昔のように――」

ふと、小さい頃からセイジュと机を並べて学んだ日々が脳裏に浮かんだ。出された難しい課題に共に頭を悩ませたり、議論を交わしたりした日々が懐かしく甦る。

それは、とても楽しい日々だったけれど――。

「でもね」

懐かしい思い出を胸にしまい、飴色の髪を近付けて説得してくるセイジュをにこっと見つめる。

「私はね、今幸せなの。妃としてではないけれど、ここでライオネル様にお仕えできて、少しでもそのお役に立つことができているから。それは、目指していた官吏みたいに、直接ライオネル様の手足となるのではないかもしれないけれど、やりがいは感じているわ」

(ほんの少しでも、ライオネル様の心の負担を減らせるのならば)

後宮についての悩みでも、ふたりの子供たちを守ることでも、この二本の腕で抱きしめられる限り、ライオネルのものは包み込んで守ってあげたい。

紫の瞳にその決意を浮かべながら見つめると、セイジュが少しだけ瞬きをした。

「そうか――今、幸せなのか……」

必死だったセイジュの顔が、少しずつ変化していく。

「うん。昔の願いとは少し変わったけれどね。前よりもなんだかライオネル様のお心を守ってあげたくなったの」

瞼の裏に、オリアナを見つめながら笑いかけたライオネルの姿を思い浮かべて答える。どうしてだろう、それだけで心が温かくなってくる。

その笑みをジッとセイジュは見つめた。オリアナの思いが届いたのか。少し考えてから、セイジュは仕方がないなと苦笑しながら髪をかいた。

「そうか……お前が、今はそうだと言うのなら……。まあ、俺も任官されたから、多少の弁償金は用意できるようになったし。今のところ陛下が後宮に興味がないのだったら、三角関係に発展するのもしばらくはないかもしれないからな……」

なぜかオリアナが物を壊すという可能性と女性に惚れられるという考えを改めるつもりはないようだ。

「でも、代わりになにか困ったことがあればすぐに言えよ？　幼馴染みの縁で、全力で相談に乗ってやるからな」

男らしいセイジュの握りこぶしに、思わず笑みが溢れ出る。

「うん、なにかあれば、絶対に相談するから！」

やはり友とはいいものだ。遠く離れても、変わらずに心配をしてくれる。だから、オリアナは、浮かべたほがらかな笑みに懐かしさをこめて、昔からの友人の顔を見つめた。

※　※　※

一方その頃、駆けていった姿を見送ったライオネルは、セイジュに向けているオリアナの表情に、視線が釘付けになっていた。

(あんな笑顔は見たことがない)

——当たり前だ。まだ、出会ってから数日しか経っていないというのに。彼女が自分のところから別の男のそばへ行ってしまったのが、どうしてこんなにも気になるのか。

「……あの男は誰だ？」

オリアナの眼差しの先で、屈託のない笑みを浮かべ、楽しそうに語らい合っている男からも目を離すことができない。

初めてだ。彼女が、自分以外の男にこんなにも嬉しそうな顔をしているのを見るのは。

どうしてあの男に向けている彼女の笑みが、ひどく気になるのか。

「ああ、彼は先日官吏試験に合格したセイジュ・テュウォール子爵令息ですね。今後警察府に見習いとして勤務する予定です」

「そうか……」

身元がはっきりした青年だとわかり、ホッとするはずなのに――。遠くでひどく親しげに話しているふたりを見ていると、心の中にはなぜかどす黒いものが溢れてくるような気がする。

「どうやら、お気に召した答えではなかったようですね。彼女の幼い頃からの学友だそうですよ。いわゆる幼馴染みというやつですね」

「――幼馴染み」

（どうしてだろう）

心にずんと言葉が重く響いた。

（わかっている、自分と彼女は王と忠誠を誓ってくれた部下という関係だ）

彼女にどんな友人や、幼馴染みがいようが、問題はなにもないはずなのに。

「幼馴染みと言えば、恋仲に陥るには魅惑的な言葉ですからね。取られてしまってもいいんですか？」

「取るもなにも、俺とオリアナとはそんな関係では――」

ないと断言できなかったのは、なぜなのか。ポーリンを抱いているのとは反対側の手を握りしめ、拳に爪を立てる。しかし、相変わらずエステルは、おもしろそうにこちらを見つめている。

「そうなのですか？　私は、陛下が先ほど一緒にいたいとおっしゃっていたので、てっきりお気に入りかと思いましたが？」

「あれは……」

違うと続けられないのは、テオたちに言われた時に、つい考えてしまったからだ。

（そうだ、一緒にいたいと思った）

そう感じたことに間違いはない。

ただ、テオが話したあの瞬間、思わず心の中でライオネルは自分に問いかけてしまった。

――一緒にいたい。では、それはいつまで、と。

言葉が浮かんだ刹那、脳裏に描いたのは、ふたりでテオとポーリンの成長を見守っていく姿だ。これから過ぎていく秋も、来年の冬も。テオが王子として剣を習うようになり、ポーリンがもっと大人っぽいドレスを着るようになっても、共にそれを笑顔で見守り、いつまでもそばでこうして四人で笑いながら過ごせたらと――。

それは、まさに家族のように。

頭に浮かんだ映像で、赤くなった顔にさらに火がついたような気がした。

（なんで、こんな絵が思い浮かぶんだ……！）

笑い合う未来の姿に、ひどく焦った。オリアナとは、まだ出会って数日のはずだ。王とメイドという関係なはずなのに、どうしてこんなにも彼女の笑顔が心地いいと感じてしまうのか――。

「陛下。念のため、ひと目惚れという言葉はご存じですか？」

「ひと目惚れ⁉」

まさか、これがそうだと言うのだろうか。

「いえ、それに比べましたら、陛下は何度も目にしているから、なにがあってもおかしくはないという意味です」

こいつは、たまに自分をからかうのを生きがいにしているのではないかと思う。だが、ライオネルの反応を見て、この百戦錬磨の事務政官は、適切な追い打ちをかけてくる。

「いいのですか？　たしかに目にした回数では、あのセイジュという男性と比べると陛下は現在劣勢ですが、立場では陛下の方が上なのですよ？」

「そんなのではない！　第一、それだと俺が今までの王のように命じて、オリアナをそばにはべらせるということではないか」

「そうでなければ、セイジュという男性に彼女を取られることになってもいいのかと思っただけですが」

にっこりと笑いながらの言葉に、テオが横からライオネルの服をつんつんと引っ張ってくる。

「取られるって……オリアナ、もしかしてあの人と結婚してしまうの？」

「そんなの、ポーはいやーっ！」

腕の中で、うわーんと泣きだしそうなポーリンを、慌てて宥める。

「まだそう決まったわけじゃない。だから……」

「じゃあ、オリアナはポーのおかあしゃまになってくれるの？」

「いや、それは……彼女が、後宮に入ることになってしまうし……」

生き生きとしている彼女に、子供たちのために無理やり後宮に入ってくれとは言えない。命じて、もしそこで、彼女が義姉と同じように、冷たい姿になりでもしたら——。

言葉を途切れさせてしまったライオネルの前で、エステルが、くすくすと笑っている。

「まあ、その心配はご無用だとは思いますが——」

どういう意味なのだろうと問おうとしたが、ライオネルの前に、オリアナがいつもと同じ笑みで戻ってくるのが見えた。

どう声をかければいいのかわからない。ジッと見つめている前で、ポーリンが腕の中から口を開く。

「オリアナ、けっこんするの？」

ひどく寂しそうな声だ。それに慌てて言葉を足す。

「あ、いや。君が将来どうするのかという話になってな。女性だとそういう問題もあるし」

これは言い訳だ。しかし、同時に気になっていた話題を口にすると、オリアナは明るく笑って返す。

「ああ。それなら、私はもう相手が決まっているんですよ！　だから、大丈夫なんです！」

「そ、そうか……」

やはりあの青年なのだろうかと問いかけることもできない。ただ暗澹とした気持ちが押し寄せてくるのを感じながら、ライオネルはオリアナの顔を見つめた。

※　※　※

それからしばらくした日、初秋の日差しが照らす庭の一角で、オリアナはバスケットに入れたお菓子を麦色の敷布の上に並べていた。

「朝、走り込みをした後、厨房に行って作ってみたのです。お口に合えばいいのですが」

こんな時に、メイド服は便利だ。せっかくいただいたのだからと、身に纏って厨房に行けば、案の定、疑われずに場所を借りられた。

「わあっ！」

「美味しそう！」

毎日、ぱたぱたと遊んでいるとはいえ、同じことばかりでは子供たちは飽きてしまうだろう。お菓子を広げ、その間もぱたぱたを出し周囲に飛ばし続けていると、風が心地いいのか、子供たちが気持ちよさげな顔で焼いたマフィンを手に取っていく。

「美味しい。オリアナって、お菓子も上手なんだね」

「実家が貧乏なので、自分でよく作っていましたからね」

味は家族の保証つきですよと、ライオネルにもひとつ渡すと、少し驚いたような顔をして手を伸ばしてくる。

「ああ、ありがとう」

だが、指が触れた途端、なぜか手を離された。

「陛下？」

（どうしたのかしら？）

「あ、ああ――すまん」

「いえ、かまいませんが」

手くらい今まで何度も触れていたのに。どうして、急に離したのか？

首を捻りながら、この間の件について尋ねた。

「そういえば、あれからマンニー国の使者は諦めましたか？」

「いや……帰るように言ったが納得しなかったので、住まいを強制的に王宮の外に移させた」

今は、手配した外交官用の邸宅からたまにこちらへ嘆願に来るだけだと、お茶を見つめながら話している。

「そうですか……」

ホッとしたが、やはり、ライオネルの様子が変だ。もう一度首を捻ると、テオのお茶にぱたぱたが近付いているのが目に入った。

「飲みたいの?」

無邪気にテオがお茶を差し出してくれる。しかし、ぱたぱたは風の実体化だ。ぶわっとお茶が波立ちそうになり、慌てて空へ飛ばした。あまりに急いで前のめりに手を伸ばしたので、その瞬間、敷布の上でバランスを崩してしまう。

「危ない!」

咄嗟にライオネルが支えてくれた。

「あ、ありがとうございます」

抱き留めてくれたお礼を言ったのに、なぜかまたぱっと手を離される。そして、ライオネルは困ったように視線を逸らしていく。

「すまない」

「どうされたのですか、陛下? 転びそうになったのは私なのに」

不思議に思って尋ねると、ライオネルは少しだけ迷ったように瞳を動かした。

「いや、よく考えたら、君は妙齢の女性だったな。それなのに、何度も俺が気安く触れていたのは馴れ馴れしかった」

なぜ、急にそんなことを言い出したのか。いったい今までいくつに思われていたのだろう。いや、それか、女性とは思われていなかったのかもしれない。

「気にしていませんよ。年頃の女性らしく見えないと言われるのは、今に始まった話ではないですし」

むしろ、男前に見えると時々言われる。だからそう答えたのに、急にライオネルは焦り始めたではないか。

「いや、そうじゃなくて！」

口を閉じ、少し言いにくそうに視線をさ迷わせる。

「君には、もう決まった相手がいるのだろう？」

「ええ、そうですが」

結婚が決まっているのかという話ならば、ライオネルが相手なのだから間違いはない。だから断言したのだが、なぜか目の前の顔は体の動きごと固まってしまっている。

「……そうか、やっぱり……」

呟くと、そのままライオネルは立ち上がり、ふらふらと木立の奥へと歩いていった。

「あ、陛下⁉」

慌てて呼び止めたが、様子がどうも変だ。顔色は悪くなっていたし、表情も妙に暗い。よく考えてみれば、今日は会った時から、あまりオリアナと目を合わせようとはしなかった。

（どうして――）

去っていく姿を見つめながら、頭にある考えがハッと浮かぶ。その瞬間、顔から血の気が引いた。

（もしかして――ばれたのかしら。私が、後宮にいる妃のひとりだって）

抜け出すのに、違法なことはしていない。法律である以上、文言が厳格に運用されるはずだから、塀にも扉にも触れずに飛び越える風の精霊の力は、処罰の対象にはならないと思うが――。

しかし、あれだけ後宮に不信感を持っているライオネルだ。それなのに妃であることを隠して、そばにいたなんて知られたら。騙していたと思われても仕方がないのではないだろうか。

（まさか！）

嫌な予感に、テオとポーリンを護衛に任せ、慌ててライオネルが歩いていった方向へと追いかけた。北の木々の間を進み、少し行くと、庭に置かれた椅子に座ったライオネルと、前に立つエステルが話している姿が見えてくる。

「……どんな戦でも、雄々しく立ち向かうべき王がそんなことでどうするのですか⁉」

「戦ではないから、困っているのだろう⁉」

遠くから聞こえてきた声に、慌てて大きな木の幹に体を隠す。ちょうど日陰になっているので、オリアナの姿は見えにくいはずだ。

なにを話しているのだろう。エステルには、オリアナが後宮の妃だとばれているかもしれないのだ。もし、それをライオネルが聞いたのだったら。ジッと耳を澄ましたが、聞こえてくるのは切れ切れの声ばかりだ。

「……第一、テオたちの希望でも、彼女を……後宮には……」

「それについての心配は、杞憂だと思います」

やはり、後宮について話している。

（ばれたのかしら？　それとも、ライオネル様の後宮不信について？）

どちらかはっきりとは聞こえない内容に、心の中に不安が忍びよってくる。

どくんどくんと心臓が大きく脈打ち始めた。

「まったく……てっきり、命だけでは飽き足らず、体や心まで欲しくなったのかと思ったのですが」

「お前！　体って……！」

ひどく焦っているようだ。真っ赤になったライオネルが、困ったように顔を伏せて、エステルを追い払うように手を振った。

「もういい、あっちに行っていろ」

「はいはい。どうせ自覚がないんでしょうから。お邪魔虫は消えさせてもらいますよ」

いつもと同じ軽い口調でライオネルに答えている。そして、ふと思い出したように伝えた。

「そういえば、ヒエンリーク伯爵のお宅で精霊石が盗まれたらしいですよ？　今、犯人捜しに躍起になっているそうですが」

「精霊石が？」

「ええ、一応お耳に入れておきます」

そのまま礼をすると、踵を返して、こちらへと近付いてくる。

（まずい！　立ち聞きをしていたのがばれたのかしら）

真っ直ぐに歩いてくるエステルの姿に、急いでもっと奥へ隠れようとしたが、それよりも早くに横まで辿り着くと、彼女は「おや」とまるで今気が付いたかのように、くるりと首をこちらへ向けた。

「気になりますか？　陛下のことが？」

どういう意味なのかはわからない。ただ、オリアナが後宮の妃であるのに気が付いて、ライオネルが不機嫌になっているのならば大変だ。

「あの。ライオネル様の様子が、少しおかしくて……。その、話されていた後宮とか、私についてなにかおっしゃって……？」

妃ということを知られたのかと尋ねたいが、もしエステルが気が付いていなかった場合は、迂闊に口に出せば、逆効果になる。

だから、ぼかして尋ねたのだが、エステルは機嫌よさそうににこりと笑った。

「ああ、オリアナ様のことなら秘密にしてあります」

（やっぱり気付かれていた！）

驚くと同時に、相手の言葉にもびっくりする。

「どうして⁉」

「陛下の足を後宮に向けさせるのに、私はずっと頭を悩ませていたのですよ。あの手この手と考えていたので、後宮のお妃様の名前くらいは把握しております。とはいっても、最初は半信半疑だったのですが――調べていくうちに確信に変わりました」

「だったら余計に、なぜ私について黙ってくれていたのですか？」

勢い込んで尋ねたが、エステルはしれっとしている。

「日々頭痛の種だった陛下の後宮嫌いでしたが、まさかお妃様の方から陛下に会いに来てくださるとは。飛んで火に入る夏の虫――もとい、こんなチャンスを逃すわけにはいかないでしょう？」

「今、思いっ切り本音が出ていましたよね？」

「気のせいです」

爽やかに笑ってエステルは返してくる。このすべてを隠す笑顔が憎い。そうか、これが国王の側近を務めるのに必要なスキルなのだ。ひとつ勉強になった。

（――では、ライオネル様に私のことがばれたわけではないのね……）

少しホッとした。だが、それならば、なぜライオネルの態度がおかしいのだろう。

悩んでいると、護衛と話していたテオがこちらへと走ってきた。

「ねえねえ、オリアナ！　もうすぐ街でお祭りがあるんだって！」

「ああ、八日後の豊穣祈願祭ですね」

あとひと月もすれば、すべての作物が実りの季節を迎える。それに先立ち、精霊教殿が収穫への祈りを捧げる祭りだ。

「豊穣祭に先立つ祭りですが、大規模ですよ。たくさんの露店や見世物が出ますからね」

エステルの言葉に、うわーっとテオの顔が輝いていく。

「僕、行ってみたい！」

ねえ、いいでしょうとせがんでくるが、これぱかりはライオネルの返事次第だ。困っていると、後ろからライオネルが近付いてきた。

「ねえ！　父上。みんなでお祭りに行こう！」

「王子様、ナイスな誘い文句です」

なぜか隣でエステルが呟いているが、どういう意味なのか。

「お祭り？」

「うん、豊穣祈願祭っていうんだって！　いろいろ出ておもしろそうなの。だから、父上とポーリンと一緒に行きたいなと思って！」

「三人で？」

「うん！　あと、オリアナも一緒に！」

よしとなぜかエステルが、親指を立てたような気がする。まさか、護衛に祭りの話をするように吹き込んだのは、この人ではないだろうか。思わず頬が引きつってしまったが、テオにねだられたライオネルは迷っているようだ。

「オリアナも……か？」

「うん、みんなで一緒に！　あ、エステルも」

「私は遠慮しておきます。馬に蹴られるのが苦手なので」

「え？　馬に蹴られるの？」

「私だけです。私は、馬に嫌われるらしくて」

さらっとごまかすあたりは、さすがは交渉慣れをした王の側近だ。けれど、その時、木陰でがさっという音が聞こえた。振り返ったがなにもなく、目を戻せば、エステルの言葉にテオが少しだけ俯いている。

「そっかあ、危ないのか……」

「私が一緒にいれば、馬は大丈夫だ。それとあの、オリアナも。もし、よかったら一緒に……」

なぜかそれだけの言葉で、ライオネルは真っ赤になってしまっている。口ごもっている理由はわからないが、かまわない。

（そうか、嫌われてはいなかったのね……）

誘ってくれたことに心からホッとする。だから、溢れる嬉しさを抑えきれず「はい、喜んで！」と頷けば、まるで目を奪われたようにライオネルがこちらをジッと見つめた。

翌日、オリアナは後宮の廊下を歩きながら、うーんと腕を組んでいた。

(やっぱり、ライオネル様の様子がおかしかったのは、後宮についての悩みなのかしら……)

慕っていた義姉が突然亡くなり、抱いてしまった後宮への不信感。それでも、その後宮に通わなければならない自らの王という立場。

「うーん」

秋の爽やかな風の中で、後宮の建物は明るい光を受けている。夏ほどではないが、それでも地上には暗い影が落ちている。この纏う影の黒さは、輝かしい栄光の代償なのかもしれない。

(たしかに、お妃様たちがたくさんいれば、いろいろとあるのだろうけれど)

しかし、後宮は牢獄だと言っていたグレイシアの言葉を思い出す。後宮に囚われ、人生のすべてを捧げることを強要される。

「せめて、みんなが望む道を生きられるようになれば――」

生き生きとした妃たちの姿を見れば。そしてタリア妃の死の真相さえわかれば、ライオネルの心を覆っている不信の影も少しは晴れていくのかもしれない。

青い空を見上げ、思わず考え込んだ時だった。

「オリアナ！」

明るい顔で、メイジーが手を振っている。

「来てくれたのね！」

そのままそばに駆け寄ってくると、嬉しそうに腕を取った。

「ええ、メイジーの頼みだもの」

「もう、うまいんだから！　アクアル宮は初めてでしょう？　迷わなかった？」

正直に言えば、すぐそこまでメイドが案内してくれていなければ、絶対に迷っていただろう。

リーフル宮ともコンスレール宮とも違う、水色で作られた緩やかな曲線の回廊は、初見では迷宮にも思える造りなのは間違いない。

だが、曲線が多いだけに優美な宮殿内は、第二妃の穏やかな人柄を表しているかのようだ。

「でも、末席の妃である私が、本当に第二妃様のお茶会に参加してもいいの？」

「もちろんよ！　第二妃様も第三妃様も、一度オリアナに会いたいとおっしゃっていたのですもの！」

腕をぐいぐいと引っ張っていきながら、メイジーは微笑む。今日のメイジーは薄紅色のドレスの腰に柔らかなリボンを巻き、とてもかわいらしい姿だ。オリアナも失礼がないように妃らしいドレスを着てきたが、なにしろもともと背が高い。自分に似合う体に沿ったすっきりとしたデザインのドレス姿は、可憐という言葉と無縁なのは自覚している。

（こんな私が、華やかな妃様たちの茶会に参加してもいいのかしら？）

オリアナの身分も妃とはいえ、どうにも場違いな気がしてしまう。

そのまま案内されて入った第二妃の居間は、柔らかく流れるせせらぎの絵が水色の壁にかけられた涼やかな部屋だった。

丸テーブルの一番奥に座っているのは、黒髪を美しく結い上げた女性だ。きっと彼女がこのアクアル宮の主である第二妃なのだろう。

「いらっしゃい、メイジー妃」

見た目からして穏やかな雰囲気だ。ホッとすると、隣に座っていた赤髪の女性が、次いで口を開いた。

「その方がオリアナ妃？」

燃えるような深紅の髪は、火の精霊の加護が強いことを示している。おそらくこの女性が第三妃なのだろう。

見れば、他にも何人かの妃たちが集まっているようだ。

「オリアナ妃のことは、メイジー妃からよく伺っています。お話通りの方ね」

（うん？　メイジーは普段なんて言っていたのかしら？）

疑問に思うが、メイジーはその言葉にぱっと顔を輝かせる。

「そうなんです！　オリアナは、女性なのにとてもカッコよくて！」

なんの話をしていたのか。いつもの会話がどういうものなのか想像すらできなくて、冷や汗が出てきてしまう。

「メ、メイジー」

「あら、本当のことでしょう？」

だが、制止しようとした時、後ろから不意に声がかけられた。

「入り口で話していては、邪魔よ。中に入らせていただきましょう」

（この声は！）

ぱっと振り向くと、そこには豪奢な衣装を纏ったグレイシアが立っているではないか。

「グレイシア様も招待されていたんですか？」

「第一妃の私を招かないなんて、第二妃がそんな失礼をされるはずがないじゃない。敵対するつもりならともかく」

言われてみれば、その通りだ。

「それにあなたに渡したいものもあったし」

「渡したいもの？」

第二妃への挨拶を済ませてから、侍女に案内された席にオリアナが座りながら尋ねると、横に来たグレイシアがオリアナの前にそっと二輪の花を置く。

「あなたが尋ねていたタリア様が、当時私によく頼まれていた心臓の薬草よ。実家の土の精霊術士に頼んで、咲かせてもらったの」

見れば、そこにあるのは黄色い花を可憐に咲かせている福寿草だ。

「これが、頼まれていた薬草……？」

強力な精霊術士のいない地方では、病気になった時に他国から伝わった薬草を用いることも多い。しかし、これはかなり危険な薬だったはずだ。

（これを扱えたということは、タリア様はかなり薬草に精通しておられたのだろうけれど……）

これだけでは、まだあの日なにが起こったのかはわからない。考え込んだ時、目の前にことんとレモンと氷を浮かべた紅茶が置かれた。

「どうぞ。召し上がってくださいな。お口に合うとよろしいのですが」

にこやかに第二妃が声をかけてくれる。茶会の新参者だから、気を遣ってくれているのだろう。好みによって、混ぜる蜂蜜まで出してくれた。藍色の陶器が、小さな音と一緒にそばに置かれる。

しげしげとその菱形の蓋がついた細長い陶器の瓶を見つめた。

オリアナのところに支給された蜜入れのデザインと似ている。だが、横に注ぎ口がないから開け方が少し違うようだ。

「これは、どうやって開けるのですか？」

「ああ。上を少し横にひねるのよ。コンスレール宮とは、違う品かしら？」

「いえ、デザインは似ているのですが……。蓋のところだけ違っていて」

言われた通り、上を少し捻ってから持ち上げると、簡単に蓋が開いた。

「コンスレール宮にあるものは、少し前に納品されたものなのかもしれないわ。昔のは上部の横に注ぎ口がついていて、傾けるだけで入れやすかったけれど、蜜ですぐに詰まりやすかったそうだし。上級の妃のから、新しい品に変えていっているのかもね。でも王室ご用達が作っているから、同じ店の品のはずよ」

なるほど。詰まりやすかったから改良した。それは、ありそうなことだ。

「すごく入れやすいですね！」

横の穴からだと蜜が出るのに時間がかかったが、簡単に蓋を開けられるから、注ぐのも楽だ。

「そうでしょう？」

にこやかにグレイシアと話す様子がおもしろくなかったのだろう。急に頬を膨らませたメイジーが割り込んできた。

「あのっ！　第二妃様たちが、以前からオリアナの風の精霊術を見たいとおっしゃっていて！」

ぐいっとグレイシアの反対側から話に割り込んでくる。

（そういえば、グレイシア様は私の隣の席でよかったのかしら）

並ぶようにして座ったが、円卓とはいえ下座になるから、第二妃や侍女たちが少し戸惑った顔をしていたが。

その様子を見て驚いた第二妃や第三妃たちも、慌てて笑顔を取り繕い、手を合わせていく。

「え、ええ！　そうなの！　メイジー妃に聞いてから、ずっとオリアナ妃の精霊術を見てみたいと思っていて！」

「私もですわ。すごくカッコいいのですってね」

メイジーはいったいなにを吹き込んでくれたのだろうと思うが、オリアナより上級の妃に頼まれては見せないわけにもいかない。ましてや、それで他の妃たちやグレイシアにまで期待に満ちた眼差しを向けられていては。

「たいした技が使えるわけではありませんが。せっかくお招きいただいたのですし、余興に風くらいならば」

これくらいなら室内でも大丈夫だろう。手を上に掲げると、ぱたぱたがするりと飛び出して、室内に大きな風の波を作り始めていく。オリアナのミルキーベージュの髪が部屋の中に広がり、白い羽の動きとともに光りながら流れた。白い翼と一緒に舞うミルキーベージュの髪が、まるで絹糸のようだ。部屋の中で艶やかに煌めき、オリアナに周囲の視線が釘付けになる。

瞬間、なぜか妃たちの顔が赤くなった。

「私、メイジー妃の言っていた意味がなんとなくわかりましたわ……」

「私も。殿方より中性的な分、どこか目を奪われる魅力があるというか」

こそこそとなにかを囁き交わされている。そこで、メイジーがここぞとばかりに身を乗り出してきた。

「そうでしょう！　オリアナは本当にカッコよくて！　それに最近、とても生き生きとしてますし」

「それは私も聞いていたわ。毎日、ここでどうやって、そんなに楽しそうに過ごしているのかしら」

第二妃が不思議そうに尋ねてくる。ぱたぱたを手に留まらせ、すっと姿を消しながら少し口ごもった。そして、ばれないように答える。

「えーと。昔からの夢が叶ったと言いますか……」

「昔からの、夢？」

不思議そうに第二妃と第三妃が尋ねてくる。そうだ、メイジーの話によると、このふたりは叙事詩や絵が好きでありながら、令嬢というだけで認められなかったらしい。それだけに、オリアナの話が気になったのだろう。

「ここで、どうやって？」

横からグレイシアも興味を持ったように見つめてくる。

慌ててオリアナは手を振った。

「いえ、最初に思っていたのとは少し違ったのですが。簡単に言えば後宮のおかげで――」

「後宮の？」

余計にみんなの顔が不思議そうだ。だが、第二妃は少ししんみりとした様子で頷いた。

「だとしたら、羨ましいわ。私は後宮に入る令嬢が男みたいに韻文詩や叙事詩を好むなんてと、散々言われてきたから」

才能があっても、伸ばすよりも摘むことを考えられてきた。その悲哀が、グレイシアも含めた妃たちの上を覆っていく。

「そんな――」

だが、きっとそれが現実なのだろう。貴族の令嬢、ひいては女性というだけで、自分の生き方を狭められる。

(どうすれば……)

この悲しみから、彼女たちを救うことができるのか。

(女性であっても、認められる。そんな方法があれば)

ぐっと唇を噛んだ時、メイジーが膝にこの間のカードを抱えているのが見えた。気に入っていたから、きっと改めてお礼を言おうと持ってきたのだろう。

その姿にハッと目を見張る。

「そうだ!」

ぽんと頭に閃いた。

突然の声に驚いたメイジーが持っているカードを、手で指し示す。そして、第二妃たちに向かって提案をした。

「このカードゲーム。世間に広めてみませんか?」

「え、そのカードを?」

突然の提案に、穏やかな風貌の第二妃も驚いた様子だ。赤髪を結い上げた第三妃も、瞬きをしながらこちらを見つめている。その姿に、オリアナは明るい声で説明をした。

「そうです！　王宮ならば、専用の印刷機もあります！　素人目ではありますが、これに描かれている絵や韻文詩は、高名な画家や詩人が発表したのにも並ぶ素晴らしいものだと思いました。また、ゲームの様式で楽しめ、有名な人々を覚えるのにも役に立ちそうです」

「それは――覚えやすいかもしれないけれど。でも、女性が作った詩や絵だと知られたら」

きっと世間は受け入れてくれない。前例がないから――と、気にしているのだろう。

曇った第二妃の顔を見て、オリアナは指を一本立てた。

「だからこそです。前例がないのなら、作ればいいのです」

「作る⁉」

さすがに、予想外だったのか。驚いた様子で目を大きく開いている。その様子に首を縦に振って頷いた。

「普通の女性の作ったものならば、世間は認めてはくれません。ですが、それが後宮に住まうお妃様のだったらどうでしょう？　自分たちよりも、地位がずっと上の者が作った品だったら？」

「それは――誰も批判はできないわ」

第三妃も言われてそのことに気が付いたのだろう。こちらを見つめてくる目に、にっこりと笑い返す。

「そうです。これまでにも後宮のお妃様が好まれたという品や音楽は、巷でもよく流行ってきました。またお妃様が国王陛下に贈られたハンカチなども、話が広まると、すぐに民たちがこぞって真似をしたものです。この国の女性のトップであるお妃様とは、一般の方から見て、そういう憧れの存在なのです」

雲の上の人々で、少しでもその生活に触れられないかと願う。それが、後宮が持っているもうひとつの顔でもあるのだ。

驚いている妃たちの顔を見回し、横のグレイシアに視線を定めた。

「グレイシア様も」

「え？　私？」

突然話を振られて、グレイシアは大きく瞬きをしている。

「そうです。私が見ても、グレイシア様のご衣装はいつも素晴らしいものです。メイドたちが憧れて、こっそりと刺繍を真似したりするのも納得できます。なので、いっそ自らの商標を持つ服飾店を立ち上げてみられてはいかがでしょうか？」

「服飾店を、ここで⁉」

まさか行くために作るのをやめろと言われた後宮で、夢を叶えてみないかと提案されるとは思ってもみなかったのだろう。焦りながらも、こちらをジッと見つめているグレイシアの真剣な瞳に、オリアナは笑いかけていく。

「そうです。お妃様が着た服は、これまでにもたびたび国の流行を作ってきました。ならば、この国の第一妃であるグレイシア様が率先して身に纏われ、同じように欲しいと願う者たちに、手に入るよう都に店を出してやれば、きっと多くの女性たちが訪れるのではないでしょうか」

噂に聞くステキなドレスを求めて。

話しているうちに、だんだんとグレイシアの顔には赤みが帯びてきた。

「そう、そうよ。たしかにその通りだわ」

幼い頃から夢だった服を作る望みを捨てなくてもいいのかもしれない。それを感じたらしいグレイシアが、オリアナを見つめたまま手を握ってくる。

「やるわ、私……！　ずっと夢だったのよ。自分でデザインした服を、多くの女の子たちに着てもらうことが！」

店を出すお金ならば、第一妃であるグレイシアは化粧料でなんとかなるだろう。これまでも、自作するドレスの材料費くらいしか使ってこなかったのだ。

グレイシアの様子に触発された第二妃と第三妃、そして他の妃たちまでもが、ざわざわと話し始めている。

「では、このカードを広めたら、私が考案したゲームもみんなに楽しんでもらえるのかしら？」

斜め前から尋ねてきたのは、このカードゲームを考えたという第七妃なのだろう。

「使ってある絵や詩で教材にもなりますからね。きっと年若い令嬢や令息にすぐに広まると思いますよ」

答えると、その瞬間、第七妃は立ち上がった。

「やりましょう！　第二妃様、第三妃様。私は自分が考えたものがどこまで通用するのか、試してみたいのです」

第二妃と第三妃が顔を見交わしている。だから、後押しをするようにオリアナは声をかけた。

「それに――後宮のお妃様たちがこれまで女性には認められなかった世界で活躍することは、きっとこの国の女性たちの生き方も自由にしていきます。挑戦してみられませんか？　後宮という名前を盛大に生かして」

後宮で生きるために失わされた夢を、後宮を土台として取り戻していく。

妃たちの意欲には俄然火がついたらしい。

「そう――ね。今まで、後宮に入るのなら諦めるしかないと思っていたけれど……。妃という立場になった今、私たちの行動でこの国の女性たちが生きやすくなっていくのなら」

「ええ。私も自分の絵を堂々と見てもらえるのならば嬉しいことですわ」

第二妃と第三妃もやる気になってきたようだ。まずはこのカードゲームで、それぞれの得意技の認知を広めていこうと相談をし始めている。

一方で、お嬢様教育しか受けてこなかった一部の妃たちは、グレイシアや第二妃たちの様子に触発されたのか。そばに近付き、自分でも手伝えそうなことはないかと尋ねている。他の妃たちも集まって相談をしているようだ。

きっと、彼女たちはこれからこの国の女性たちに大きな風を起こしていく。来た時とは違い、生き生きとそれぞれの未来を語る妃たちを見つめ、オリアナもよかったと心に温かい思いが湧いてくるのを感じていた。

みんな、すごく楽しそうだ。どんなところでも、みんなが心地よく前向きに生きていければ――と、妃たちの明るい表情に笑みがこぼれた。

第六章　初デートの豊穣祈願祭は波乱含み

すっきりと晴れ渡った青い空が広がる。テオに誘われてから八日が経った。いよいよ今日は街で行われる豊穣祈願祭の日だ。

精霊教殿で配られる祈りを書いたリボンを手に巻きつけた人々が、明るい顔で道を行き来している。

「すごく賑やかだね」

きっと初めてなのだろう。テオが、周りに出ている店をわくわくとした目で見つめている。

「私も都のは初めてですが、とても大きなお祭りですね」

「先に地方の各精霊教殿の教会でやり、その祈願を都に集約する形で行われるからな」

「ああ、だから地方からの人も多いのですね」

なるほどと、ライオネルの言葉に頷く。来月になれば、本格的な実りの季節に入っていく。今年の収穫がうまくいくように、国中が願っているのだろう。もちろん、その人出を当て込んだ露店の商人たちも、自らの懐が豊かになるのを切実に願っているのに違いない。

たくさん出ている店を見回し、テオとポーリンがはしゃいだ声をあげた。

「オリアナ！　なにかたべたい！」

ポーリンが今日身に纏っているのは、お気に入りのピンクのドレスだ。お忍びのため街中でも違和感のない短めの裾で、とてとてと茶色の上着とズボンを纏ったテオの手を引っ張って、ひとつの店へと連れていく。

「はい、いらっしゃい！」

「美味しそうー」

「本当ね」

ふたりの声に近付いてみれば、どうやらクレープ屋らしい。飴などはまだ危ないが、これくらいならばふたりとも大丈夫だろう。

「店主さん、小さい子にも食べやすいように、中に入れる果物を切ってくださる？」

「ええ、いいですよ！」

答えたのは、愛想のいい女性だ。その言葉に子供たちは、木枠に描かれたメニューの絵を見て、選び始めている。その間に、後ろに立っているライオネルへと振り返った。

「へ……ライオネル様も、なにか食べられますか？」

陛下と呼びかけてやめたのは、今日はそう呼ぶように言われていたからだ。お忍びとわかっていても、本人を前にして口に乗せると、妙に気恥ずかしい。なんだか、ふたりの距離がぐっと近付いたようだ。

「ああ、そうだな。では、俺もオレンジ入りのを」

「おや！　今日は夫婦で子供と家族デートですか？　いいですね、とても仲がよさそうで」

「デ、デート⁉」

突然の言葉にライオネルが慌てている。たしかに、今日のライオネルの格好は騎士に近い服装だし、オリアナも走る子供を追いかけられるように、動きやすい煉瓦色の上着とスカート風のパンツを纏っている。そのせいで、家族のように見えるのかもしれない。

「あはは、そうですね。せっかくのお祭りなので」

「旦那さん、真っ赤ですよ。結婚されたのに、まだまだ恋人同士みたいですね」

えっと思いながら横を向けば、本当にライオネルの顔は真っ赤になっている。

茹で蛸のようなその顔を見て、やっと聞き流していた意味に気が付いた。

「あ……そ、そうですね」

夫婦なのは事実だ。だから、今さら照れる必要などないはずなのに、改めて言われたデートや恋人という単語には、自分たちとは縁がないと思っていただけに、心に甘酸っぱいものが広がってくる。

（うわああ、どうして顔が熱くなってくるの！）

夫婦なのは単なる事実なのに。家族デートという今の言葉でひどく気になってくる。

両手を頬にあてて焦った時、人混みの方からかけられた声に気が付いた。

「オリアナ！」

「セイジュ！」

突然現れた友人に驚いて駆け寄っていく。

「どうして、ここに？」

「ああ。まだ見習いだが、人が多いんで、警察府の見回りとして駆り出されたんだ。喧嘩や泥棒をする奴らもいるからな」

「そうなのね。その警察府の制服、とてもよく似合っているわ」

紺の上下に白のラインが入っている。セイジュの真面目な顔立ちと合わせると、とてもすっきりとした印象だ。

「ああ。お前も今日はお忍びなのか？　あちらに見えるのは、陛下な気がするが――」

「うん。まあ詳しく話せば長くなるけど、風の精霊術を見込まれて、王子殿下と王女様の護衛をしているの」

「へえー。陛下のそばで働くのが夢だったもんな。役職は違うけれど、望みが叶ったのか」

あれ？　でも、と首を捻っている。

「お前、後宮の妃なのに？」

「まあ、いろいろとあって」

そう軽く答えると、セイジュはなにかやらかしたなという顔をしている。しかし、すぐに笑った。

「それでこの間、やりがいを感じて幸せだと言っていたんだな。それならば、なによりだ」

ジッとこちらを見つめているライオネルの様子に気が付いたのだろう。セイジュが、その場でぺこりと頭を下げた。

「挨拶をしたいが、お忍びならばやめておくよ。周りに気が付かれるし。じゃあ、俺は仕事に戻るな」

お前も元気でと手を振ろうとするセイジュの上着の裾を慌てて掴む。

「待って！　肩の後ろに木の葉がついている」

「あれ。いつの間に」

小さな穴のある葉を見つけて、セイジュの手がぱっと払った。

「ありがとう。お前、こういうの本当によく気が付くな」

だけど、とオリアナを覗き込む。

「そういうところだぞ。お前が女性にもてるの」

見つめてニッと笑う。

「まあ、くれぐれも女性にはほどほどにな。俺が昔、お前の恋人かと誤解されて、女性たちに円陣で迫られた時、ただの幼馴染みで恋愛感情はないと信じてもらうのにどれだけ大変だったか」

もうあんな思いは二度としたくないとセイジュは、身震いをしながら話している。

「なによ、それ」

初めて耳にした。だが驚くオリアナにセイジュはにこっと笑ってくる。

「だから、俺とお前とはこれからもいい友人ということだ。これからも気兼ねなく、なにかあれば頼ってくれよ」

そう話すセイジュの顔は、昔ながらの屈託のないものだ。

だからその顔に、明るく笑い返した。

「うん。なにかあったらね」

今までと立場は変わっても、友達なのは変わらない。一緒に学んだ日々のように、きっとこれからは仕事を通じて、互いにライオネルのために頑張っていける。そう思い、去っていく姿に笑顔で手を振っていると、後ろからテオがギュッとオリアナの服を握ってきた。

「オリアナ！　はい、オリアナの分のクレープができたよ！」

どうやら、オリアナの分も頼んでいてくれたらしい。

「ありがとうございます」

「うん、父上が選んでくれたんだ」

「オリアナは、ブルーベリーがすきだっていって」

ポーリンの言葉に、後ろで立っていたライオネルを見つめる。だが、なぜかこちらを見ている眼差しは複雑そうだ。

手にクレープを持ち、近寄ってお礼を言った。

「ありがとうございます。私にも買ってくださったんですね」

臣下の好物など、覚えている必要もないことだろう。記憶して、さらにオリアナの分まで買っていてくれたとは――。

「ああ、いや、その」

温かい気持ちで近寄ったが、なぜかライオネルは歯切れが悪い。少しだけ考え込み、口を開いた。

「俺たちといるのを見られたら――ひょっとして、彼に怒られないか？」

（誰にだろう？）

しばらく考えて、やっとセイジュのことかと気が付く。

「まさか！　そんなやわな関係ではないですよ！」

オリアナが国王陛下の近くで護衛をしているから嫉妬だなんて――。いくら官吏という同じ夢を目指していたとはいえ、オリアナとセイジュは動機があまりにも違う。彼は純粋にこの国をよくしていきたいだけだったし、そのためには汚職を取りしまる今の警察府は、まさに天職なはずだ。

しかし、答えた瞬間、なぜかライオネルの顔が焦ったものになった。

「やわな関係ではないって！　では、やはり彼は、君の婚や……！」

言おうとして、途中で言葉を呑み込んだ。まるで、はっきりと答えを聞いてしまうのが怖いというかのように。

首を捻っていると、代わりにライオネルがこちらを暗い瞳で見ながら尋ねてくる。

「彼と――将来も一緒にいるのか？」

どういう意味だろう。だが、ニュアンス的には、結婚について尋ねられているような気がする。

（今、結婚しているのはライオネル様ですと言うわけにはいかないし……）

「いえ！　もう決まっているのは別の人です！」

直接は言えないが、将来も自分が一緒にいたいと思っているのは――と、ライオネルを見つめながら眼差しに気持ちをこめたが、なぜか視線の先で相手はますますどんよりとした顔になっていく。

「そうか……。そうだった。どっちにしても、結局そうだったな……」

（どうして、そんなに溜め息をついているのかしら？）

より表情が暗くなっていくライオネルに、テオがポーリンのそばから明るく声をかける。

「父上！　あそこでパレードをするんだって！」

「みてきてもいい？」

うさぎのぬいぐるみを抱えながら、ポーリンも尋ねた。

「ああ、護衛から離れるんじゃないぞ？」

「はーい！」

すぐ目の前の道の奥から、賑やかな音楽が近付いてくる。

たくさんの人々が集まり、精霊の衣装を着たパレードが行進してくる様子に、興奮した声をあげている。豊穣を願う祭りだからだろう。祈願のリボンを配ったり、子供たちに木の実やパンを渡したりしながら歩いてくるようだ。テオたちも受け取って、目を輝かせているのが見える。

「あの、ライオネル様……？」

明るい音楽が周囲に流れているのに、どうしてこんなにも落ち込んだ雰囲気を漂わせているのか。なにが原因かはわからないが、パレードの音楽でもダメなら、とりあえず気分を変えるものを探すしかない。なにかないかと周囲を見回した。

道に人が集まったせいで、よく見えるようになった店の美しい窓のひとつにふと目が留まる。

「あ、ライオネル様。王宮で使われている品が展示されていますよ！」

第二妃の部屋で見たことのある食器だ。深い藍色で、花をモチーフとした絵付けがされている。よく見れば、ティーポットとカップの他にもいろいろと並んでいるようだ。

「セット全部を飾ってあるのですね……」

普段使っているもの以外の食器も並べてあり、こんなにも種類が多かったのかとジッと見入れば、気が付いたライオネルもそばで屈み込んでくる。銀の髪が顔の横で揺れ、一瞬、心臓がドキンと鳴った。

「ああ。ここは王室ご用達の店だな。祭りだから、特別に宣伝も兼ねて後宮に納品しているのと同じ物を飾っているのだろう」

揺れた髪が触れそうなほど近い距離に、顔が熱くなってきそうだ。それに気付かれないようにしながら、言われた品を見てみれば、いくつかのセットが展示してある。

きっと、今目の前にあるのが最新の品なのだろう。隣には、後宮のオリアナの部屋で使っているのと同じ、おそらくひとつ前のデザインが置かれている。

よく見比べてみれば、蓋のところなどが細かく違う。

「あれ？」

オリアナの部屋では見なかった入れ物に目が留まった。

「あれはなにを入れる器ですか？」

「ああ。それは陶器製の薬瓶だな。風邪など液体の薬を保存する時に使う」

これはオリアナに用意された調度品のセットにはなかったものだ。ジッとその品を見つめた。

きっと、新しいバージョンからセットに加えられたのだろうが、よく似ている。少し離れたところに置いてある別の器と。

蓋が細い菱形のその器を眺め直した途端、頭の中でグレイシアの話が甦ってきた。

タリア妃の茶会で、運んでいる最中に蜜の瓶をこぼしてしまったポーリン。そして、新しく渡された――なぜか高いところに置いてあった容器。

その瞬間、ハッとあることに気が付く。

（もし、これが真実だったならば――）

なんて悲しいことなのか。

「オリアナ？」

突然黙り込んでしまったオリアナの様子を不思議に思ったのだろう。声をかけてきたライオネルに、一瞬どうするかと迷うが、もしこの考えがあたっているのならば、話さないわけにはいかない。それこそが、きっとライオネルの心を救うだろうから。

だから、華やかな音楽が後ろで鳴り続けているのを聞きながら、顔を上げた。

ライオネルの黒い瞳を見つめ、ぐっと手を握りしめる。

その瞬間だった。急に大きな声が響いてきた。

「テオドラール様！　ポーリン様！」

慌てた声に、ハッとパレードの方を向く。今のは護衛の声だ。

急いで先ほどまでいた場所を捜せば、いつの間にかテオとポーリンの姿が消え、護衛たちがパレードの人混みへと駆け込んでいこうとしているではないか。

「どうした⁉」

急いで、ライオネルが護衛のそばへと駆け寄っていく。

「申し訳ありません！　パレードにいた仮面をつけた集団が、道にいた子供たちを次々と抱え上げて！」

横にいた別の護衛が続ける。

「高く抱っこをして二、三歩歩いてから下ろしていたのですが、ポーリン様とテオドラール様だけがパレードの中心近くにいた獣の仮面をつけた者たちへと渡されていきまして」

「見失ったということか！」

さっとライオネルの顔色が変わった。

「急いでパレードの先頭に行って、行進を止めろ！　それと、ひとりは見回りに出ている警察府の者に言って、すぐにふたりを捜索するように！」

「はいっ！」

王の言葉に、慌てて護衛の者たちが動き始める。その間も、パレードは際限を知らないかのように、次々と新しい精霊の服を身に纏った者たちが現れては、通りに歓声を響き渡らせていく。

「テオ様！　ポーリン様！」

誰が誰かもわからない。急いでオリアナはパレードの中に駆け込み、ふたりの姿がないか捜した。

（どうしよう）

どれだけ声を張り上げても、パレードの笛や太鼓の音にかき消されてしまう。

「手分けをして捜そう！　パレードの中にまだいれば、子供の姿は目立つはずだ。俺たちはここから前に向かって捜す。護衛たちは、後ろに向かって捜してくれ！」

「はっ！」

ふた手に分かれて、どこかに幼い姿が見えないかと走り始める。周囲も、パレードの中で動くオリアナたちの姿に、違和感を抱いたようだ。

「なにかあったのかしら？」

「何人か騎士みたいな体格の人たちが走り回っているけれど」

いくらパレードで人が多いとはいえ、子供を抱えていれば目立つはずだ。それなのに、どこにも姿を見つけることができない。

「まさか……攫われた？」

嫌な予感がひしひしと押し寄せてくる。

もし違う場所で下ろされて、迷子になっているのならば、誰かが保護してくれているのかもしれない。だが、護衛の目の前で堂々と連れ去っていった手際から、迷子ではないどこか用意周到なものを感じさせる。

「まだ連れ去られてから時間は経ってはいない！　この近くにいるはずだ！」

ライオネルの言葉にも、誘拐という可能性を考えているのが滲んでいる。心配で渦巻きかけた頭を、オリアナはぱんと頬を叩くことで切り替えた。

（今は、私が動揺している場合ではないわ！　すぐにふたりを捜し出さないと！）

勝手に知らないところへ連れていかれて、どれだけ不安になっていることか。怖い思いをして震えている子供たちを想像すると、心に怒りにも似た衝動が湧き起こってくる。

急いで、近くを歩いているパレードの人を捕まえた。この人は、光の精霊の衣装を着ているが、仮面はつけてはいない。

「失礼！　この辺りで、子供を見かけませんでしたか？　黒髪の六歳くらいの男の子とブルネットの髪をした三歳の女の子なのですが」

「さ、さあ。覚えはないけれど……」

腕を掴まれた女性は当惑しながらも、真剣な表情のオリアナに答えてくれる。その女性の連れだったのか、彼女が横に尋ねるように見交わした視線の先で、並んでいた三人のうちのひとりが声をあげた。

「それなら、さっき見たあの子じゃないかな？　男の子の方だけだが、熊の仮面をつけた人に抱えられていたよ。土の精霊の仮装にしても服との取り合わせが変だったし、なにより男の子が嫌がっているようなのが気になったんだ」

（それだ！）

聞いた瞬間、オリアナとライオネルの視線が交差する。話してくれた男性に瞳を戻した。

「その人はどこに行きましたか？」

「たしか、ふたつ前の路地で右に入っていったよ。男の子を宥めるように抱えていたから、てっきりパレードに入ったせいで叱られたのかと思っていたんだけれど」

「ありがとうございます！」

（ふたつ前の路地！）

ライオネルと一緒に大急ぎで踵を返すと、両脇に並んでいた人混みをかき分けて、パレードの右にある路地へと駆け込んでいく。

少し入ると、表の喧噪が嘘のように静かになった。オリアナたちの走る足音が高い建物の間に響き、その奥から微かに子供の泣き声が聞こえてくるではないか。

「嫌だってば！　放せ！」

「テオ！」

声がはっきりと聞こえた瞬間、ライオネルの足が速くなった。泣き声だ。理解するや否や、オリアナの足も今までにないほど速くなる。

泣き声は、建物の間に木霊して距離が定かではないが、走れば確実に近付いていく。

ひと際大きくなったと感じて路地の角を曲がると、その向こうでは抱えている男の背を、泣きながらテオがぽかぽかと小さな手で殴り続けているではないか。

「少しは静かにしてくださいよ！　この国よりいいところに連れていってあげますから！」

「嫌だよ！」

泣いている頭を押さえつけて、言うことを聞かせようとしている姿がオリアナの目に入った途端、怒りで視界が真っ赤になるような気がした。

「よくもテオ様を！」

声とともに、手からぱたぱたが飛び上がる。白い鳥が滑空するようにテオを抱えた男へ近付き、周囲でつむじ風のように渦を巻いた。

突然巻き上げられた砂埃で、視界がなくなったのだろう。テオの頭を押さえていた男の右手が外れ、その腕で自分の目を覆っている。

「オリアナ！　よくやった！　援護を頼む！」

「はいっ！」

それがなにを意味するのかはわからないが、おそらくテオの命を守ってくれということで間違いはないはずだ。

視界を奪われながらも、いまだテオを抱えている男の左手に向かって、ライオネルの手から火の礫《つぶて》がいくつも飛んでいく。

「うわっ！」

少しでも狙いが狂えば、抱えられているテオごと大火傷してしまう。しかし、すべての礫が、的を外さず、灼熱の烙印を刻むのと同時に、苦痛に耐えきれなかった男の腕からテオの体が落ちた。

「テオ様！」

すぐにぱたぱたを操って落下を食い止め、男の手が届かないところまでテオの体を空へと浮き上げていく。

「うわーっ」

「よし！　いいタイミングだ！」

テオの感嘆する声と、ライオネルの叫びが同時にあがる。次の瞬間、ライオネルの背後から炎虎が飛び出し、腕を押さえている男へと猛然と襲いかかるではないか。

数百度の炎だ。食らいつかれた髪が一瞬で燃え尽きていく。

ひいいっという叫びは、炎虎の腕が地面に転がった男の服を押さえつけたからだろう。そこからジュウジュウと焼ける匂いが周囲に漂っていく。もし、炎虎が体に腕を置きでもしたら、それだけで黒焦げになってしまうのに違いない。

顔を引きつらせている男の目の前へ、ライオネルが剣先を突きつけた。

「言え。なぜ、テオを攫った？」

「その虎……、貴様がリージェンク・リル・フィールの王か」

怯えながらも、男の瞳はなぜかこちらを嘲っているかのようだ。

「ふん――どうして、俺が、獣を体内に飼っている一族などに屈すると……」

「その言い方。マンニー国の者だな？」

冷たいライオネルの眼差しに、ハッと男が顔を上げた。

ライオネルの剣に炎の色が宿り、傍らでは炎虎が威嚇するように唸っている。

「ポーリンを攫ったのもお前たちか？　では、マンニー国の王が主犯か？」

ぐっと男が黙り込んだ。咄嗟に舌を噛み切ろうとした様子に、炎虎ががっと襲いかかる。胸に爪がかかった。それだけで男は息がうまくできなくなったのか、一瞬で意識を失った。

「くそっ、まさかマンニー国の者が、ここでまで狙ってくるとは！」

「ライオネル様！」

空中に浮かせていたテオを抱え、急いでオリアナはライオネルのそばへと駆け寄った。

「父上ぇ！」

よほど怖かったのだろう。オリアナにしがみついていたテオが、手を伸ばされると同時にライオネルの胸に縋りついてしゃくりあげている。

「すまなかった。ほんの一瞬でもそばから離れて」

「ううん、僕がパレードの抱っこを羨ましがったからいけなかったんだ。みんながされていたから……。でも、そのせいでポーリンまで、連れていかれて」

「お前を攫った奴とポーリンを連れていった者は別か？」

頭を撫でながら尋ねると、テオが涙をこぼしながらこくこくと頷いている。

「抱っこされたまま、パレードの内側にどんどんと運ばれていったんだ……！　気が付いたら、ポーリンはずっと遠くの方で……。緑のコウモリの仮面をかぶった男に抱かれているのが見えて……」

「緑のコウモリの仮面……。闇の精霊の仮装にしては、陳腐だな」

精霊の姿には、いくつかのランクがある。その中でもコウモリは位が低いし、闇の属性を示すのに土の精霊に結びつく緑を用いるのはあまり好まれない。豊穣を精霊に願うパレードでそれを選んだということは、ポーリンを攫った相手は、精霊について詳しくないということだ。

「ライオネル様！　ひょっとして、ポーリン様もマンニー国の者たちの手に……！」

以前も王宮で堂々とテオに国に来ないかと声をかけていた。王や本人に話しても承諾が得られないと思い、もし強硬手段に出たのならば――。

焦るオリアナと同じ考えに辿り着いたのだろう。

「マンニー国め！　義姉上の故郷だと思い、目こぼしをしてやっていたら、まさかここまでの暴挙に出てくるとは！」

溢れてくる怒りに、ライオネルの足元で炎虎がおっと凄まじい咆哮をあげた。金の毛がばちばちと音を立てながら燃え盛っている。その勢いのまま、知らせを受けて近寄ってきた警察府の者に命じた。

「今すぐに、マンニー国の使者たちが滞在している邸宅を調べろ！　他にもどこか子供を隠していそうな場所がないか、それも捜し出せ！」

「はいっ！」

慌てて敬礼をした者たちの中には、セイジュの姿もある。そして、そのまま走りだしていった。

「ポーリン……」

きっと妹の心配で、胸が張り裂けそうになっているのだろう。一度は泣きやんでいたテオが、ライオネルの腕の中で、また大粒の涙を浮かべている。

「安心しろ。俺は、戦場で敵なしと言われた炎虎将軍だぞ？　必ずポーリンを助け出してやる」

「うん……、父上、絶対だよ。お願いだからね」

テオがぼろぼろと大きな涙を再度こぼした。その黒髪をそっとオリアナは後ろから撫でてやる。

「ライオネル様、マンニー国の使者のもとへ行くにしても、まずはテオ様をどこか安全な場所へお連れしておいた方がいいと思います」

ライオネルとオリアナも一緒にいたのに、ほんのわずかな隙をついて、ふたりを攫われてしまった。マンニー国の使者のところへこれから行くにしても、同じ失敗はしないようにせねば。

同じことをライオネルも考えていたのだろう。

「ああ、たしかにそうだ。だが、どこにすれば……」

先ほども護衛の目の前で攫われた。たとえ王宮に連れ帰っても、もしマンニー国の息のかかった者がいれば、同じことが起こるかもしれない。

――絶対に軽々しく踏み込めなくて、身元のはっきりした者たちが預かってくれる場所。

条件としてはかなり難しい。候補にできそうなところはあるだろうかと考えて、不意に頭にひとつの場所が思い浮かんだ。

「ライオネル様。テオ様を、後宮に預けてはいかがでしょうか？」

「後宮!?」

思いもかけない場所を言い出したので驚いたのだろう。ライオネルの黒い瞳が大きく開かれる。

「ライオネル様が後宮をお嫌いなのは存じております。ですが、あそこほど外部の者が侵入しにくい場所はありません！　加えて、中にいるのは、みんな国内でもきちんと家柄を調査された者たちばかりです！　今、テオ様の身を安心して預けられるのは、あそこしかありません！」

「それは、そうだが……。しかし、後宮は――」

ライオネルが、ギュッとテオの小さな体を抱きしめる。

「いや、だが、いくら身元がしっかりしているとはいっても、妃たちが信用できるとは限らない。そこで、もしテオの身になにかありでもしたら……」

ライオネルの心配はわかる。後宮は王の寵を争う場所だ。タリア妃の死があったから、余計に過敏になってしまうのも仕方のないことだろう。

（だけど――）

聞いている間に、なんだかイライラしてきた。

（碌に通ってもいないのに、どうして信用できないと決めつけているのよ！）

知ろうとしないからではないか。そこに生きている妃たちが、どんな人生を歩み、どんな望みを抱えているのか。なにも知ろうとしないで、ただ後宮に住む妃というだけでひと括りにして、信用できないと思い込んでいる。

「ライオネル様！」

思わず大きな声が、口をついて出てしまった。いつもはこんな声は出さないのに。ぐっと下から見つめて、紫の瞳で黒い双眸を捉える。

「もっとご自分の妻たちをお信じください！　私もライオネル様の妃のひとりです！　その私が、自分の住んでいる場所にいる人たちは信用できると申し上げているのです！　どうか、今だけでも、私の言葉を信じてみてはいただけないでしょうか？」

目を見てはっきり話すと、その瞬間ライオネルの瞳がこれ以上ないほど大きく開いた。

「えっ！　ええええっ⁉」

よほど驚いているようだ。

「ま、待て！　今君が俺の妻だと言ったか？」

「はい、たしかに申し上げました」

「だけど！　君は、将来はもう決まった相手がいると言っていたじゃないか？」

「ええ、ですからライオネル様に決まっていると申し上げました」

その瞬間のライオネルの顔をなんと表現したらよいのだろう。それまで驚いていた顔が、限界を超えて、鳩が豆鉄砲を食らったみたいになっている。どうやら、完全に予想外だったようだ。

「……え？　つまり、俺が今までもやもやとしていたオリアナの将来の相手は俺で、オリアナが命を捧げてくれているのも俺で……」

ぶつぶつと呟いているが、そのうちだんだんと顔が赤くなってきたのはなぜなのか。

ああ、言ってしまったと思ったが、とにかく今はテオを安全なところに連れていくのが第一だ。

「ですから、どうか今は私を信じて、テオ様を後宮にお預けください。それにおそらくですが――タリア様が後宮で亡くなった件は、事故だと思います」

開き直りながら、頬を赤らめているライオネルに近付くと、腕の中でまだ少し泣いているテオの体を受け取って抱きしめた。ひくっと背中を揺らしてしゃくりあげている姿がかわいい。

「え……、事故？」

「まだはっきりとはしませんが。とにかく、今は私に免じて、後宮をお信じください！」

怯えているテオを、これ以上危険な目に遭わせることはできない。

「この馬を借りてもいいですか？」

駆けつけてきた警察府の役人が乗っていた馬に目を留めると、相手は敬礼をしながら、さっと頷いてくれる。きっと、ライオネルの本当の身分はもう伝わっているのだろう。

「どうぞ！　我々は他にもありますので！」

「ありがとうございます」

初めての馬だが、手綱と鞍さえついていればなんとかなる。なにしろ故郷の牧場で、いい馬として売れるようにするために、人を乗せて走る訓練などもしていたのだ。悪路を走る練習に比べれば、石畳みが敷かれた道などはたいしたことはない。

「さあ、テオ様」

行きますよと馬に乗せて、手綱を握れば、オリアナの行動に驚いたのだろう。

「ま、待て！」

慌ててそばにいた別の警察府の者から馬を借りたライオネルが追いついてくる。

「どういうことだ！　君が、俺の妻とは。それに義姉上の死が事故だというのはどうして――」

まだ混乱しているが当たり前だ。急に告げた話を説明するため、走る馬の上で、ゆっくりと言葉を選んでいく。

「申し訳ありません。騙すつもりはなかったのです。ただ、後宮でグレイシア様が懐妊されたかもというお話を聞いて……。ひょっとしたらライオネル様に一度も会えることがなく、後宮を追い出されるかもしれないと思ったら、少しだけでもライオネル様の近くで働いてみたくなって――」

本当にそれだけだった。たった一時でも、夢が叶うのならばと思っていたのに。掴んだ夢はそれ以上の時間を望むほど幸せなもので――。だが、オリアナの答えはライオネルにはまたしても予想外だったらしい。

「グレイシアが懐妊!?」

驚いてこちらを見ている。

「そんなはずはないだろう！　彼女は子供を望まないという俺の考えを知った上で、取り引きをしてくれていたのだから」

「え、取り引き？　そ、そうだったのですか？」

「ああ。彼女は、俺が王としてはエメルランドル公爵家を敵に回したくないという考えと、同時にエメルランドル公爵家の血を引く子供ができ、テオの脅威にはしたくないという思いを知っていた！　だから、子供を産んで後宮に生涯留まりたくないという彼女との取り引きで、通っている振りをすることにしたんだ」

（なんと！）

　では、グレイシアが後宮に来たライオネルを、いつもすぐに自分のそばへ連れていっていたのは、そういう理由があったからなのか。誰とも子供を作りたくないライオネルが、できるだけ妃に手を出さなくて済むように。そして、お手つきとなった妃が、愛されもしないのに生涯後宮に閉じ込められたりすることがないように。

「きっと……グレイシア様はわかっていたんですね。愛されもしないのに、後宮に閉じ込められるしかない未来が、どれだけ絶望的なものなのか」

　だから、ひとりでも多くの妃を、後宮から出そうとしていた。そのために自分が悪名を背負うことになろうとも――。

　お手がついていなければ、家臣に再嫁できる可能性は高いし、後宮を退出する許可も得やすくなる。彼女は、自分なりの方法で戦っていたのだ。

「わかったのなら、もうひとつの質問に答えてくれ。義姉上の死が事故だというのは、本当なのか？」

　ふたりの下で、馬の駆けていくカツカツという蹄の音が響いている。その音を聞きながら、オリアナはもう一度よく考え、腕の中のテオが馬の振動でうとうととしているのを確かめてから、首を縦に振った。

「あくまで私の推測ですが」

　前置きをしてから話し続ける。

「先ほど店の窓に、後宮で使っているセット品が展示されていましたよね？　最新のものを使っているのは、後宮でもまだ高位の妃たちだけなので、これまではよく知らなかったのですが」

「そういえば、たしかにあったな……」

「あそこで展示されている蜜入れと薬瓶のデザインが似ていることに、気が付いたのです。同じような藍色で細くて長い。よく見れば少しずつ違うのですが、慣れないと勘違いをしてしまうかもしれません。タリア様は亡くなられる前に、後宮の妃たちを呼んでお茶会をしていらしたのですよね？」

「あ、ああ。それは報告から聞いているが」

「グレイシア様が見られていたのですが、その場でポーリン様が転んで蜜入れの瓶をこぼしてしまったそうです。落とした器に入っていた蜜を妃たちに出すなんて、当然できない。慌てた侍女は、急いで探して、高いところに置かれていた似た入れ物を失敗した代わりに持っていきたがるポーリン様に渡したそうなのですが」

「まさか……」

ハッとライオネルが目を見開く。

「タリア様は、福寿草から先王陛下の心臓のお薬を作っておられたそうです。それを、もし侍女が間違ってポーリン様に渡してしまったのだとしたら――」

「では、あの日、兄上の第二妃に毒が盛られたのは……」

「なにも知らないポーリン様が無邪気に渡された瓶に、毒になるものが入っていたとは、第二妃様もよもや思われなかったのでしょう。ですが、少量でも味覚の違いに気付かれたのかもしれません。だから、多くは飲まれなかった」

「だとしたら、義姉上はなんで死んだんだ⁉　どこにも義姉上が死ぬ要素はなかったはずだ！」

　馬を駆けさせて横に並んだライオネルの言葉に、オリアナの胸は重苦しくなってくる。

「そうです。タリア様は、本来これを事故として届けられればよかったのです。だけど、彼女の境遇が、それをさせなかった」

　親から追い出され、故国が蔑視している国で先王の寵愛を受け、寡婦となった。幸い、義弟が自分の息子を跡取りとして指名してくれたが、ライオネルに子供ができれば、どうなるかわからない。いや、むしろ有力な貴族たちにしてみれば、後宮に送り込もうとしている自分の娘が産んだ子供をこそ、王の跡継ぎとしたいだろう。それには、この国と確執のあるマンニー国の姫が生んだ先王の子供たちなど邪魔な存在でしかないとわかっていたのだ。

「――ひょっとしたら、ポーリン様が渡した事実を悪意で広め、テオ様まで断罪されるかもしれない。そうでなくても、マンニー国の姫であるタリア様の血を引く存在など王位にはふさわしくないと、これ幸いと言い募られるかもしれない。だから――タリア様は、自分も薬を飲むことで、すべてを隠蔽しようとしたのです」

自分も被害者であれば、誰も糾弾することはできない。知らずに薬を渡してしまったポーリンの名誉も守られると考えたのだろう。

「――そんな……」

そして、もし第二妃が蜜の味がおかしかったことに気が付いても、それを茶に入れなかったタリア妃が同じ症状を出せば、毒となったものを隠せると考えたのだ。

「――どうして……。言ってくれれば、俺はどんな糾弾からだって、義姉上たちを守ったのに……」

俯いたライオネルの顔から悔し涙がこぼれ落ちていく。きっと、それは本心からなのだろう。

「タリア様も、ライオネル様のことは信じておられたと思います。だからこそ、ライオネル様を苦しめずに疑いを逸らす方向へ賭けられたのではないでしょうか？」

今となっては尋ねることはできないが。助かれば、その時にはライオネルにだけは話すつもりだったのかもしれない。毒になる量ならば、死んでしまう可能性も考えていたはずだ。それでも彼女は自分の命を懸けて、子供たちの未来を守る道を選んだのだろう。

「たしかに――私も、もしこれが真実ならば、タリア様には苦しい立場になっても生きていてほしかったと思います。ですが、後宮という場が、いえ後宮という存在に向けられる人々の眼差しが、タリア様に普通の選択を許さなかったのでしょう」

――きっと夫の寵愛を争った女を、始末しようとしたに違いないと考えられる人々の悪意。

それを口に出すと、ハッとしたようにライオネルが顔を上げた。後宮に不信を持つ自分にも、身に覚えのある考えだったからだろう。

「ですから、私はライオネル様には、今の後宮の真実の姿を見て、それを信じていただきたいと思います。ライオネル様が私を信じてくださるのならば、どうか今だけでも、私が知る後宮の姿を確かめてみてはいただけないでしょうか？」

走りながら願いを口にすると、しばらく考えて、ライオネルが頷いた。

「――わかった。君を信頼している。だから、今はテオのために、俺が実際の後宮の姿を見て、確かめることにする」

今までのライオネルとは違った言葉だ。オリアナは返された信頼に嬉しそうに頷き返すと、馬はそのまま王宮の門を駆け抜け、一気に黄昏の後宮へと近付いていった。

「開門！　王のお通りです！」

分厚い真鍮の扉がゆっくりと開いていく。そこを駆け抜け、後宮の中央近くにある広場で馬を止める。

ここからならば、リーフル宮とアクアル宮、フレアル宮にも通じた後宮の妃たちが集う時に使うウィズール宮のすぐそばだ。馬の揺れる振動でうとうとしているテオを、先に地面に降りたライオネルへ慎重に渡し、オリアナも鞍から降りた。

「あれ、ここは……。どこ？」

泣きすぎたせいで、まだ寝ぼけているのだろう。ライオネルに抱えられて目を覚ましたテオが、きょろきょろと辺りを見回している。

「そうだ！　ポーリンは⁉」

うとうととしていても、気になっていたのか。すぐに飛び起きた姿に、ライオネルが優しく笑いかけた。

「これから迎えに行ってくる。だから、少しだけ待っていてほしい。今、お前を預けても大丈夫なところかどうか、確かめてくるから――」

そう話す間も、オリアナはウィズール宮に入り、どんどんと進んでいく。そして、賑やかな声が聞こえるひとつの扉の前で足を止めた。

「オリアナです。失礼してもよろしいでしょうか？」

声をかければ、すぐに足音が響いてきて、中からグレイシアが扉を開けた。

「オリアナ！　待っていたのよ！　今日は遅かったわね？」

飛び出してきたグレイシアの顔は、以前ライオネルの腕を引っ張っていった時とは違う無邪気なものだ。その様子に後ろで固まってしまったライオネルに気が付くと、グレイシアは怪訝そうに眉を顰めた。

「あら？　どうして、陛下がオリアナ妃と一緒におられるの？」

あからさまに威嚇しているような気配だ。気のせいだろうか。第一妃が下っ端の妃に向ける嫉妬というよりは、後宮に興味がないくせに、まさか己の欲望のために食い散らかしに来たのかと唸っているように見えるのは。特に、自分のお気に入りの相手にと、豪華な金毛の猫が全身の毛を逆立てているかのようだ。

「グレイシア様。実は、今日はテオドラール王子殿下をこちらでお預かりしてほしいと思い、お願いに参ったのです」

「なんですって⁉」

少しだけ体を反らしたグレイシアの後ろから、部屋の中に集まっていた他の妃たちも、聞こえた声に慌ててこちらを眺めているのが見える。手に持っていた裁縫道具や、刺繍糸を絹地と共にテーブルに置いて、第八妃や第十妃、第十四妃までもが目を開いてこちらを見つめている。声が聞こえたのか。別の部屋に集まっていた第二妃や第三妃、第七妃や他の妃たちまで、こちらの部屋へと早足で歩いてくる。

「これは……。どうして、妃たちがこんなに集まっているんだ？」

ライオネルからすれば、知らないことばかりだろう。その前で、オリアナは静かにグレイシアたちを見つめた。

「私は、皆様に隠していたことがございます。実は、先日ある縁で私の風の精霊術がライオネル様の目に留まり、その力から、テオドラール様とポーリン様の護衛になってみないかというお話をいただいたのです」

「ええっ⁉」

「それで護衛の見習いとして、日々特訓に励んでおりました。ですが、私の力が至らず、本日テオドラール様が攫われかけ、ポーリン様は行方不明となってしまい……。ポーリン様を救出に行く間、なにとぞ外部の者が立ち入れないこの後宮で、テオドラール様を保護していただけないでしょうか？」

急な話に、集まった妃たちがぽかんとした顔をしている。

しばらくして、妃たちの額に冷たい汗が滲み始めた。

「王子様が攫われかけた……？」

「王女様も行方不明なら、大変な事態には間違いないのですが……」

ざわざわと妃たちの間で、さざめきが起こっていく。

「でも、こっそりと護衛役を命じられていたなんて……」

「だから、最近楽しそうだったのですね」

「普通ならば、これは疑いもなく抜け駆けなのですが……」

しかし、なぜだろう。非難めいた言葉とは裏腹に、全員がオリアナの顔をジッと見つめているのは。代表するかのようにグレイシアが尋ねた。

「それで、オリアナは陛下との間にはなにかありましたの？」

「精霊術を教えていただきました！　あとは、走り込みでの体力の作り方とか、必要な腕立て伏せの回数とか」

「いえ――そうではなく、妃なのだから、男女として……」

「まさか！　ライオネル様は後宮が苦手ですし！　今日まで私が妃というのもご存じありませんでしたから！」

その瞬間、眉を寄せたライオネルの痛いところをつかれたと言いたげな表情の変化に、妃中が悟った。これは本当になにもないと。

同時に、オリアナの天真爛漫とした笑顔につっ込みたい表情になっている。

曰く、護衛で、本当に満足なのか――と。

怒ったらいいのか、呆れたらいいのかわからない微妙な空気が流れる中で、グレイシアがたまらないというように笑みをこぼした。くすくすとした声とともに、こちらを見る。

「つまり、オリアナ妃は、いまだ清い体！　そして、陛下との関係はあくまでお子様の護衛としてということですわね⁉」

「はい、その通りです」

その瞬間のライオネルの複雑を極めた顔に、全員がなにかを察する。

「あらら」

「後宮嫌いを自称しておられたくせに、まさかひょっとして……」

第二妃と第三妃もおもしろそうにライオネルを見つめている。そして、全員の眼差しがライオネルに注がれた。

今、妃たちに複雑な気持ちがまったくないと言えば嘘になるが、それを上回って感じるのは、『おもしろい。この状況』だ。後宮嫌いを宣言していたライオネルなのに、まさか後宮の妃を気に入ってしまっていたとは。しかも過去の言動のせいで、自分の首を絞めている。

「そうですね。陛下は、後宮がお嫌いですもの」

くすくすとグレイシアが笑い続けて、この状況に追い打ちをかける。一瞬ライオネルの眉が、ぐっと悩むように寄せられた。

それを見た妃たちの顔に、おもしろいという表情が刻まれる。

「ですが」とグレイシアが言葉を紡いだ。

「王子殿下をお預けしてもよろしいのですか？　私たち妃を信頼されていないのだと思っておりましたが」

「非常事態だ。オリアナが、預けるのにはここが最適だから今の後宮を直に見て自分の目で信じられるのかどうか確かめてほしいと俺に言ったんだ。だから、俺は、ここがテオを預けても大丈夫な場所なのか、確認を兼ねて来たのだが――」

やっと普段の顔に戻り、ぐるりと入り口から室内を見回す。

「これは、いったいどういうことだ？」

部屋の中には、いくつものデザイン画が散らばり、その上にたくさんの小さな布地が色を確かめるかのようにして置かれている。そばには、実際に縫いかけのドレスの前身頃もある。後ろ身頃には刺繍をしていたのだろう。紫の花を途中まで糸で刺した状態で、大きなテーブルの上に転がしてあるではないか。

奥の廊下から現れた別の妃たちの姿も眺めた。よく見れば、第二妃や第三妃は手にインクや絵の具がつき、他の通路から現れたもうひとつの妃たちの集団は、笛や弦楽器などを抱えている。

なぜ妃たちが集まって、このようなことをしているのか。わからないという表情をしているライオネルに、グレイシアはそっと部屋の中を見やすいように手で指し示した。

「私たちは今、オリアナ妃の提案で、それぞれが自分の得意な道と共に生きていけるように頑張っております」

「得意な道？　お前が裁縫を好きなのは知っていたが――」

「はい。服を作り、多くの方に着ていただくのが幼い頃からの夢でした。この後宮には、他にも令嬢というだけで、習い事や生き方を定められ、その中で自分が好きだったことを諦めなければならない者たちも多数おりました。ですが、オリアナ妃が、せっかく後宮という場所にいるのなら、この国最高の女性たちとして、新たな生き方を示してみてはどうかと提案してくれたのです」

「新たな生き方？」

さすがに漠然としていたのだろう。尋ねるライオネルに、一番近くにあった半分完成した上着を持ってくる。

「そうです。私たちは、ここから女性の目から見た新たな流行を作っていきます。それはこの国の女性たちの流行となり、そして広く認識されることで、女性たちの生き方をもっと自由にしていくでしょう」

今、グレイシアが持っているのは女性ならではの観点で作られた動きやすさを取り入れた上着だ。肘のところが縛れるようになっており、袖口に引っかければ、仕事をする時にも美しく袖を上げられるデザインになっている。

ジッとその品を見つめたライオネルが、グレイシアに尋ねた。

「つまり、ここからこれを作って発信していくと……？」

「はい。私の夢でしたから。私を含めた妃たちが、それぞれこの後宮から自分の得意なものを広め、女性の生き方を変えていこうとしています」

「――そうか。前に会った時とは、瞳の輝きが違う。本当に、今お前は楽しんでいるんだな」

さすがに何度も会っているグレイシアの変化に気が付いたようだ。ジッと黒い目で見つめると、グレイシアの翡翠色の瞳がにっこりと細められた。

「オリアナ妃は、後宮に来て、陛下の寵愛を争う――いえ、陛下は後宮にご興味がないので、このまままただ生きているしかないと思っていた私たちの世界に、新しい夢を見せてくださいました。それは、きっと私たちだけでなく、この国の女性の夢にもなっていきます。そうよね?」

最後の言葉は、周りにいる他の妃たちに向けたものだ。グレイシアの言葉に、第二妃も第三妃も、他の妃たちも力強く頷いている。その様子を確かめ、グレイシアはテオを抱いたライオネルに向き直った。

「ですから――私たちの恩人であるオリアナ妃が望むのならば、私たちは一致団結してテオドラール殿下をお守りしてみせます!」

「ええ! オリアナ妃の頼みならば、この後宮で何者にも王子殿下に手を触れさせたりはいたしませんわ」

「もし、そんな不埒者がいたら、妃全員で袋叩きにして差し上げます!」

続く第二妃と第三妃の言葉に、妃全員が両手を握りしめてうんうんと頷いている。針や笛を持っているところを見ると、きっと本気で戦うつもりなのだろう。地味だが、意外と効きそうな気がする。音は周囲への警告になるし、針は本気で痛い。

妃たちの様子をジッと眺め、やがてライオネルは腕の中に抱えていたテオへと視線を落とした。

「彼女たちは信頼できると思う。お前は、ここで俺がポーリンを連れて帰ってくるのを待っていてくれるか?」

「うん、いいよ。オリアナを好きな人たちなら、きっと大丈夫だと思うし」

少し不安そうにしながらも頷いた顔に、妃たちの何人かが、きゃあと呟いている。

「かわいい……！」

「弟みたい！」

「オリアナを好きな人たちならなんて！　すぐに見抜くなんて、将来が有望だわあ」

最後は誰だと、思わずミルキーベージュの髪を振ってオリアナが周囲を見回したが、妃たちはにこにこと笑っている。だが、この分ならば、オリアナが信じた通り、預けても大丈夫だろう。

それになによりも、ライオネルの態度の変化に驚いた。

幼いテオの体を渡す時は、少しだけ寂しげだったが、受け取って抱いたグレイシアはとびきりの笑みを見せていく。

「後宮の第一妃として、陛下のご意向には必ずや応えてみせます。どうか、安心してお出かけくださいませ」

威厳のある仕草でお辞儀をする姿は、さすが名だたる公爵家の生まれだ。ライオネルもグレイシアの様子に、第一妃としての誇りを感じたのだろう。

「ああ、頼む。任せた」

そう言ってもらえることが、後宮の女性たちにとってどれだけ嬉しいか。

妃たちが示す礼を見ながら、ライオネルとオリアナは後宮を飛び出していった。

暗くなってきた王宮から街へ続く道を、馬に乗って走り抜ける。

パレードが終わり、露店も店じまいを始めているようだ。

カツカツと蹄の音を響かせながら、ポーリンが攫われた場所まで戻ろうとすると、報告に来た警察府の者と会った。手綱を引いて、馬のスピードを緩める。

「マンニー国の使者について調査いたしました！　外交官用の邸宅から今日はどこかへ出かけていたようですが、先ほどそば付きの者が街の西南地区にある宿へ入っていくのを確かめました！」

「そこにポーリンを隠しているのか？」

突然スピードを緩められた馬がヒヒンと鳴いている。

「その者が入ってから宿の者に尋ねましたら、たしかに仮面をつけた男がひとり、ブルネットの髪の泣いている女の子を連れていたそうです。身なりのいい子がいやいやと泣いていたので、覚えていたとか。今、顔を覚えられていない新人に宿の中を偵察させています」

「きっとポーリン様だわ」

おそらく、いつもと同じように泣きながらいやいやと首を横に振っていたのだろう。不安な顔で涙をこぼしていたと思うと、ギュッと胃が縮まるような気がする。

ふと、そばから殺気が感じられた。ハッと顔を上げれば、ライオネルが憤怒の形相で前を見ているではないか。

「マンニー国め……！　よくも、ポーリンを。すぐにその宿へ案内しろ！」

きっと王宮を出されてから使者が泊まっていた邸宅では、すぐに捜索が来るかもしれないと考えたのだろう。着いた西南地区にある一軒だけ林に囲まれた宿は、白い漆喰と石で作られた落ちついた佇まいで、とても凶悪な犯罪と縁があるようには見えない。

どちらかと言えば、少し裕福な旅人を対象にしているようだ。入り口にかけられたランプに繊細な赤の蔦の模様が施されている品のよさからも、貴族とまではいかないが、金に余裕のある者たちを客としているのだろう。灯された光が赤いガラスの葉で透け、青い闇の中に柔らかな彩りを撒き散らしている。

「ここか」

目の前の建物を、ライオネルは怒りをこめた眼差しで見つめた。

「陛下！」

警察府の役人のそばにいたセイジュが慌てて駆け寄ってくる。

「中に入り、姫君の部屋を確認しました。二階の一番奥にあるサルビアを描いた部屋に姫君は捕らわれているようです」

「そうか、よくやった」

ライオネルも近寄ってきたのがセイジュであることに気が付いたようで、一瞬だけ眉を寄せ頷いた。後宮から帰ってくる時に、幼馴染みの学友だと伝えたせいだろうか。

「宿の者にも事情を伝え、陛下と騎士たちが突入すれば、すぐに他の客たちを裏口から逃がす手はずになっております」

「よし。ならば軍を入れても問題はないな！」

暗闇の中で見回せば、林の木々の陰には、いつの間にか多くの騎士たちが集まっているではないか。第三妃のカードでも見た、この国の精鋭揃いだ。

「さすがエステル事務政官。戦闘が関係することとなれば、対応が早い」

事務と名がついてはいるが、軍事面での後方支援も担当しているのだろう。姫君の危機に瞬時に対応した能力に、オリアナもさすがと感嘆を隠せない。

窓から中を窺いに行ったセイジュが、ひとつ大きく頷いた。それと同時に、宿の前に立ったライオネルが手を持ち上げ、闇から幾人もの騎士たちが姿を現し、建物を取り囲んでいく。

ふと、ライオネルがこちらを向いた。

「オリアナ、君はここで待っていても」

「嫌です！」

突然かけられた言葉に驚く。

攫われた時に一緒にいたのだ。ましてや、あれほど慕ってくれる子供が危険な目に遭っているというのに、ひとりだけ待っているなんてとてもできない。

「ポーリン様は、今や私にとっても大事な存在です！　その危機を助けられず、見ているだけなんて決してできません！」

たしかに、たいした力にはなれないかもしれない。

（でも、もしポーリン様が怪我をしていれば、すぐ手当てをできる場所にいてあげたい！）

見つめながら必死で訴えると、目の前で馬に乗っていたライオネルが微かに笑った。

「ありがとう」

月明かりの中で、ひどく優しい色を浮かべながら見つめてくる。

「だが、無理はするな」

「はいっ！」

答えると、周囲には、もう騎士たちが音も少なく集まってきていた。

これからポーリン救出作戦が始まるのだ。一度ごくっと唾を飲むと、オリアナの前でライオネルの号令が飛んだ。

「全員、出撃！」

わっという声とともに、宿の扉に向かって騎士たちが突進していく。

ばんと扉を開ければ、その瞬間事前に伝えられていた宿の者たちが、一斉にこちらを見た。

「さっ！　こちらへ！」

不審に思われないように、ロビーでゲームに興じる振りをしていたらしい紳士や商人が、慌てて裏口へと走っていく。小さな子供たちは、すでに従業員用の部屋に集められていたのか、母親と一緒に、急いで厨房のそばにある搬入口へと向かっていく。

それを視線で確かめ、ライオネルは自ら騎士たちを率いて、階段を駆け上った。多数踏み込んだ音で、扉の外にいた見張りも気が付いたようだ。

「敵襲だ！」

咄嗟にそういう言葉が出るところからして、訓練された者であることを感じさせる。

ばんと音を立てて開かれた扉の中から、剣や槍を持った数人が走り出てきた。

「やれ！」

ライオネルのほんのひと言の下知で、一緒に駆け込んだ騎士たちが腕から水蛇《ラリマーサーペント》や黒狼《スピネルウルフ》を出現させていく。

「行け、黒狼！」

がうっと吠える音とともに、黒狼の牙が男の足へと向かった。黒狼を放つと同時に駆けだした闇精霊を使う騎士の槍が、体勢を崩した男の上半身を床へとうち伏せていく。

別の方向では、出てきた男のひとりが、水蛇に襲いかかられたのだろう。必死で蛇を切ろうとしているが、水なので流れるように分かれてくっつき、何度でも再生して襲いかかっている。

広い廊下で繰り出される剣戟と怒号を他の騎士たちに任せると、ライオネルは襲ってきた相手を一瞬で切り伏せてサルビアの部屋へと向かった。

もう少しというところで、状況が不利なことに気が付いた使者が扉から出てきた。きっと、二階の奥にある非常階段へ向かおうとしたのだろう。もちろん、非常階段の下にも騎士たちが待機しているが、急ぐ使者の腕に抱えられていた幼い姿にオリアナは目を見開く。

「ポーリン様！」

思わず叫んだ。

「ちちうえ！　オリアナ！」

ポーリンはよほど泣いていたのか、真っ赤に充血した目でこちらを見て、必死で手を伸ばしてくるではないか。

「貴様！　よくもポーリンを！」

怒りが頂点に達したのだろう。銀色の髪を動きとともに靡かせると、ライオネルは火花を散らしながら炎虎を出現させていく。

「ちっ！」

相手の使者が大きく舌打ちをするのが聞こえる。さすがに炎虎に襲いかかられては、一瞬ですべてが燃え尽きてしまう。

相手もそれを悟ったのか。大きく目を開き、すぐにポーリンを抱えたままこちらへと向き直った。

「ふん！　お前ら獣使い相手に、なにも用意をしていなかったと思うのか⁉」

叫んだ声とともに取り出したのは、オレンジ色の宝石だ。きらきらとしてまるで小さな夕日のように輝いているが――。見た瞬間、ライオネルは、ハッと顔色を変えた。

「それは……まさか、精霊石？」

「そうだ！　お前たち相手に剣や槍だけでは心許なかったからな。だが、これならば容易に近寄ることはできまい！」

かっと手の中で光ると、オレンジ色の豹を出現させていく。火の精霊、燃豹《カーネリアンパンサー》だ。燃え上がる熱気がぐわっとこちらにまで襲いかかってくる。

「まさかヒエンリーク伯爵の家から盗まれたというのは――！」

「ふん、どこから持ってきたのかは知らん！　ただ金を見せて依頼した裏稼業の者がどこからか手に入れてきただけだ！」

まさか精霊石を盗ませていたとは――。

現れた燃豹にオリアナは手を握りしめるが、ライオネルの炎虎は、睨み合うように新たな敵と対峙している。激突すれば、ライオネルが勝つだろう。それだけ、感じる精霊の力が違う。

しかし、この近距離で、まだどんな精霊の守護を持っているのかも明らかになっていないポーリンが激しい火炎を浴びればどうなるか。抱えられて身動きができない以上、全身に火傷を負ってしまうかもしれない。

「オリアナ」

ちらりとこちらを見ながら、ライオネルが呟いた。

「相手の視界を奪う。その間に、ポーリンを助けられるか？」

「はい！　必ずや！」

「よし！」

その短いやり取りだけで、ライオネルが後ろにいた水蛇使いへと目をやった。

「副団長、視界を奪え！」

「承知！」

そう言うや否や、水蛇が一瞬で足元から飛び上がり、口を開けながら燃豹へと襲いかかっていく。

凄まじい水蒸気だ。熱と水でのたうち回りながら、水蛇の牙と燃豹の爪で互いを攻撃しようとしている。熱されている水蒸気だけでも、喉が焼けるようだ。

だが、ポーリンを助けるチャンスは今しかない。

「ぱたぱた！　出て！」

もし、ライオネルの恩に報いられるとすれば、それはまさに今だ。ずっと望んでいたように、ライオネルがオリアナに働きを求めている。それならば、応えないでどうするのか――。

（お願い！　この一瞬にすべてが懸かっているの！）

念じて手の先を動かせば、その瞬間、巨大な白い鳥が舞い上がった。以前とは違い大きく羽ばたいている精霊獣は、三メートルはあろうかという猛禽類のような姿だ。炎の輝きを受けて羽を白銀に煌めかせ、オリアナの前で、招くかのように首を向けてくる。

「ありがとう！　乗れということね！」

きっとこれが浮遊術の完成形なのだ。精霊という形で風を具現化させ、自分も他者もどこにでも運ぶことができる。とんと床を蹴って白銀の胴体に乗れば、風を実体化した鳥の羽が動き、凄まじい勢いで煙の中へと突き入っていく。

前がよく見えない。上がる水蒸気のせいで、まるで分厚い雲の中にいるかのようだ。

しかし、ぱたぱたが羽ばたきも少なくまるで矢のように飛んでいくのにしたがい、くちばしの先から白い雲が分かれていく。

「うわーん、いやいや！」

白い煙の中で、声が聞こえた。

（そこだ！）

声を頼りに進むくちばしの方向を調整すれば、左右に切り裂かれていく煙の向こうで、抱えられたまま泣いているポーリンの姿が見える。

「はなして！」

「おとなしくしろ！」

左手に精霊石を持っているため、右手だけでじたばたと暴れるポーリンを抱えているが、どうやらこの隙に逃げられないかと周りを窺っているようだ。

「あついの！　それにいきがしにくいの」

（泣いて子供が訴えているというのに、気遣いすらしてやらないとは！）

「ポーリン様！」

くちばしで煙を切り裂き、オリアナは男の頭上に現れた。同時にぱたぱたの風で作られた爪で、鋭く使者の肌を切り裂いていく。焼けた空気の中に赤い血がこぼれるのと、上から伸ばした手でポーリンを抱え上げるのとは同時だった。

「オリアナ！」

「もう大丈夫ですよ」

泣いている姿を両腕で抱きしめてやる。熱された体に、ぱたぱたに出させた涼やかな風を送れば、きっと熱くて苦しかったのだろう、ふにゃっとポーリンの顔が緩んだ。

「こわかったあ……」

（どうして、こんなにもかわいい子にひどいことができるのか――）

泣いている顔に、冷たい空気を送ってやりながらたまらなくなり、より強く抱きしめてしまう。

「ご無事で、よかったです――」

嘘偽りのない本当の気持ちだ。泣いているこの子は、なんて小さな体なのだろう。あどけない柔らかな手を懸命に伸ばして、必死でオリアナを掴んでいる。

守ってあげたい。ライオネルに似ているからとかではなく、ただこの幼い命を。

「おのれ。よくも姫を！」

しかし、ポーリンを抱えて浮き上がるオリアナの姿に、届かなくなった床の上から忌ま忌ましそうに使者が睨み上げた。そして、すぐさま燃豹の向きを変える。

「なにをしている、飛びかかれ！」

その言葉で、燃豹がオリアナたちへ咆哮をあげた瞬間だった。

「よくやった、オリアナ！」

なににも勝る褒め言葉が、ライオネルの口から飛び出すのと同時に、炎虎が燃豹に襲いかかっていく。

「うわっ！」

精霊獣をやられれば、相関関係にある操っていた術者にもダメージが行くのだろう。白い煙を蹴散らしながら燃豹の喉笛に炎虎が食らいついたのと同時に、使者が自らの首を押さえ床へと転がっていく。

「ぎゃあああああっ！」

咄嗟に、ポーリンの目を押さえた。血は飛び出してはいないが、使者の男はのたうち回り、苦悶の表情だ。その姿に、ライオネルが素早く剣を突きつけた。

「いいか！　ポーリンとテオは兄上と義姉上が遺してくれたこの国の大切な宝だ！　その宝を奪うような真似をこれ以上するのなら、たとえ義姉上の故郷といえど許さん！」

本気をわからせるように、もう片手でぐっと襟首を掴む。そして、正面から使者を見据えた。

「もし、どうしてもマンニー国の王がふたりに会いたいのなら！　こんな卑劣な手段は使わず、堂々と正面から会いに来い！　そうすれば、ふたりの祖父として最低限の歓待はしてやる！」

わかったかと詰め寄る気迫は、とても否やを言わせるようなものではない。

使者は口ごもったまま、しばらくライオネルを見つめた。それはそうだろう。リージェンク・リル・フィール王国に住むのは血に獣を飼う民だと蔑視している国の王が、正式な訪問をする。それがどういう意味を持っているのか――。使者が気が付かないはずがない。

使者とライオネルの視線がぶつかり合った。

「おのれ……。獣の血を持つ民のくせして……」

ふと、白い煙の奥から唸るように聞こえてきた声に、目を上げる。

「オリアナ、どうしたの？」

ぱたぱたの上に座ったまま、そばで手を離されたポーリンが不思議そうに見つめているが、オリアナの紫の瞳は、煙の奥で蠢くひとつの人影へと留まった。

水蛇に両足を砕かれたのだろう。胴体もやられたのか。這うように体を引きずった男が、手だけで上半身を支えながら、煙の奥から忌ま忌ましそうに顔を歪めている。だが、その右手が握っているものに、オリアナは目を見開いた。

（短剣だ！　きっと、懐に隠し持っていたんだ！）

その視線の先を見つめる。

「危ない！　ライオネル様！」

考えるのよりも、早くに体が動いた。急いでぱたぱたの羽から飛び下りると、投げつけられた短剣がライオネルに届く寸前にその銀の切っ先の前に割り込む。

刹那、鋭い痛みが腹を切り裂いた。一瞬、目の前が真っ赤になっていく。

「うっ……！」

しまった。こんなことならば、戦場でも役に立てるようにもっと武術を習っておくのだった。

（あ、でもライオネル様はご無事なのよね？）

ホッとするのに、凄まじい痛みは腹から全身へと広がっていく。じわりと傷近くの服が湿っていくのを感じた。嫌な鉄の匂いだ。むせかえる匂いの中で、息ができないほどの強烈な痛みが襲いかかり、ゆっくりと体が床へと倒れていく。

「オリアナ！」

ライオネルの慌てる声が聞こえた。

「ライオネル様……」

（ああ、心配をかけてしまった）

戦場で傷を受けた兵士など見慣れているはずなのに。どうしてだろう。倒れたオリアナに屈み込むライオネルの表情は、ひどく焦っている。

「しっかりしろ！　すぐに止血をしてやるからな！」

しかし、傷を見たライオネルの顔が、一瞬歪んだ。

すぐにライオネルが自分の服を切り裂いて、腹に大きな布をあててくれる。押さえてはいるが、血はどんどんと流れ出してきているようだ。

「大急ぎで医者を呼べ！」

周囲の部下に叫びながら、ライオネルは再びオリアナへと目をやった。

目を細くしながら、血を流したオリアナの手を取る。まるで、怪我をしたのが自分であるかのように悲痛な面持ちで——。

（ああ、ライオネル様は、本当に優しい方なのね……）

炎虎将軍と言われる猛々しい異名も持っているのに、ただひとりが傷ついただけで、こんなにも辛そうな顔をしてくれる。

（だから——あの時、私のことも必死で助けてくれたんだわ……）

初めて会った時。事情を知らず、勝手に誤解をしていたのに。そんなオリアナを死にかけるほどの危ない状況から、全力を尽くして救い出してくれた。

（あの時から、私の世界はこの人一色になった……）

後悔してはいない。ずっと、この生き方を望み、ライオネルのそばで力になりたいと思っていたのだ。だから、ライオネルを庇えたのなら、それが本望のはずなのに――。

どうしてだろう。泣きそうなライオネルの顔を見ていると、こちらの心が締めつけられていくような気がする。ギュッと手を握られた。

「意識をしっかり保て！　大丈夫だ、死なせはしない！」

もっと布をと叫んでいるところを見ると、どうやら最初の布はすでに血に染まってしまったらしい。大急ぎで用意するようにと、周囲の部下へと叫んでいる。部下たちがマントを脱いで、止血しようとしている間も、血が止まらないのだろう。次から次へと溢れ出してくるのは、服がどんどん冷たくなっていくのでわかる。

少し、足の先が冷たくなってきたような気がした。

(まずい)

オリアナが思っているのよりも、どうやらずっと深手だったらしい。

「オリアナ！」

ぱたぱたの上で、気が付いたポーリンが泣きそうになっている。せっかく、涙が止まったところだったのに――。これ以上泣いたら、大きな目が真っ赤になってしまうのではないだろうか。

心配かけないように笑ってやろうとしたが、うまくできない。

ふと、ぱたぱたが空中で点滅しているのに気が付いた。どうやら、術者がダメージを受ければ、その力の具現化である精霊獣も姿を保っているのが難しくなるようだ。先ほどの使者の様子と同じく、術者と精霊獣は一対の存在なのだろう。

（どうやら、本当にまずいかも）

だんだん指の先に力が入らなくなってきた。次第に、体も寒くなってきたような気がする。

ライオネルの表情を見れば、楽観的なオリアナが思っているよりも、だいぶ事態は悪いようだ。なんて、顔色が悪いのだろう。

震える指を上げて、ぱたぱたを地上に下ろした。床に着いた途端、慌てて降りたポーリンがこちらへと駆け寄ってくる。

「オリアナ！」

そして、ライオネルの横から泣きながらオリアナを見つめてきた。本来ならば、大好きな推しの顔とかわいいポーリンの顔だ。至福の光景なはずなのに、どうして笑おうとしてもうまく力が入らないのか。

（ああ、本当にまずいようね）

見つめてくるふたりの表情で、そのことがわかる。もし、このまま死ぬのだったら――。

「ライオネル様」

握られている手と反対の指を、そっと伸ばした。

最期になるかもしれないのなら、その前に言っておきたいことがある。ずっと、伝えたかったのに、言い出せなかった。もし、オリアナの正体がばれたら、あの居心地のよかった幸せな時間はなくなってしまうのかもしれないと思って――。

でも、最期になるかもしれないのならばと、銀の髪にそっと指を伸ばす。

「あの日……、助けていただいて……ありがとうございました」

「なんのことだ⁉　助けてくれたのは君の方だろう！」

意識が混濁してきたと思われたのかもしれない。ますますライオネルの顔に焦燥が募り、医者はまだかと大きな声で騎士たちに叫んでいる。

その様子に、やっと笑みをこぼすことができた。

（嬉しい。ライオネル様にこんなにも大切に思われる存在になれたなんて）

だから、紫の瞳で優しく見つめた。

「今の……ことでは、ありません……。十年前、フォルウェインズ領の牧場で……。ライオネル様は、暴走した馬に引きずられて――死にそうになった私を……、懸命に助けてくださいました……」

「十年前？」

その言葉にライオネルが一瞬考え込み、すぐにハッと目を見開く。銀の睫でぱちぱちと瞬きを繰り返し、驚いた顔で横たわるオリアナを見つめた。

「では――オリアナは、あの時の……」

「はい」

思い出してもらえたことが嬉しくて、笑みを浮かべたままこくんと頷く。

「本当は、ずっとお礼を言いたかった……のです。だから、ライオネル様のそばで働いて、この言葉を伝えられるようになりたかった……。でも、申し訳ありません。あまりにもおそばにいられるのが、楽しくて……。もう少しだけと思っていたら……ずっと言い出せなかった、のです……」

「――では、君が王宮にいたのは」

真実に気が付いたライオネルが、黒い瞳でジッと見つめてくる。それに少しだけ頷いた。

「ライオネル様のそばで、働けるのならばと――。隠していて、すみません……でした。ただ、後宮の妃とわかったら、もうお会いできないのではないかと思って…………しまって……」

その言葉に、ぐっとライオネルが手を握りしめる。なぜそう思ったのか、身に覚えがあるからだろう。

「騙すつもりはなかったのです。ただ――本当に、ライオネル様のそばで、お役に立ちたかった、から……」

少しずつ、舌がもつれてくる。まずい。周囲は炎虎の熱気で熱いはずなのに、体はなぜかひどく冷たくなっていく。

「もう話すな！」

手の先から伝わるオリアナの体温が、次第に冷えていくのに気が付いたのだろう。ぎょっとした顔をするとライオネルはそう叫び、瞳を大きく見開いた。

「いやっ、オリアナ！　ち、とまって！」

かわいいポーリンの声が聞こえる。だが、だんだんと瞼が重くなってきた。少しずつ閉じていく視界に、オリアナの手を握ったまま、必死で呼びかけ続けるライオネルが映る。

「いいか、死ぬな！　もしお前が本当に俺のそばにいる覚悟があるのだったら、絶対にそれを全うしてみせろ！」

手を握る強さでこちらの世界に留めようとするかのように、冷えた手からは体温が伝わってくる。

「お前は俺の妃なのだろう！　それならば、これまでの言葉通り一生涯俺のそばにいろ！」

「それは――ご命令ですか？」

「いいや、俺の願いだ！　頼む！　お前には、ずっと俺のそばにいてほしい。俺は、お前を……だから」

最後は言葉にならない叫びだった。だけど、嬉しい。こんな風にそばにいてほしいと願ってもらえるなんて。

「それは――私にとっても、叶えたい願いです……」

涙がひと筋、オリアナの頬をこぼれ落ちた。

「ずっと……、ライオネル様のそばに……いたい」

今だけではなく、これから続く毎日だって一緒に過ごしたいし、できるなら爽やかな朝も、優しい日だまりの午後も共に過ごして、ふたりでテオとポーリンの成長を見守っていけるのならば、それはどれほどの喜びだろうか。

一緒にいたいのに、視界はどんどんと細くなっていく。

わずかに見えている隙間以外は、もう黒い闇ばかりだ。

「いやっ！　オリアナ、めをとじないで！」

微かに見えるのはポーリンの泣き顔だ。縋ってくる小さな手を感じた。

「オリアナは、ポーのおかあしゃまになってほしいの！　だから、ポーをおいていかないで！」

小さな姿が自分の服を掴み、必死で叫んでいる。涙がぽろぽろとオリアナの体に雨のように降り注いだ。

「いや、しなないで！　いや、いやっ」

瞼がそれでも下がっていく。死というのがどういうものなのか、ポーリンが理解した叫び声と同時に空間がぱあああっと輝き、大気に光の粒が乱反射した。

「これは……！」

ハッとライオネルが顔を上げる。

オリアナも残っていた力を振り絞り目を開ければ、ポーリンの上には、ピンクがかった金色に光り輝く子猫のような動物が現れて、尻尾を緩く動かしているではないか。背から伸びる長い毛がまるで翼のようだ。

「陽光獅子《サンストーンライオン》……！」

初めて聞いた名前に、視線をそちらにやれば、ライオネルが呆然とした顔で呟いている。

「陽光獅子は、兄が使っていた精霊だ。まさか、それをポーリンが受け継いでいたなんて……！」

だが、次の瞬間、ハッと気が付いたようにライオネルは、目に涙を溜めたまま驚いているポーリンへと向き直った。

「ポーリン！　その精霊をオリアナの傷口の上に下ろすんだ」

「え？」

言われたポーリンはなにがなんだかわからないという顔をしている。ぱちぱちと瞬きをする幼い姿の手を持ちながら、ライオネルが急いで説明をしていく。

「俺が操り方を教えてやる！　この精霊はお前の実の父が、俺が怪我をした時によく使っていたものだ！　この精霊なら、オリアナを治す癒やしの力もある」

オリアナを助けたいかというライオネルの問いかけに、ポーリンは青い目を見開き、決意してすぐに大きく頷く。

「うん！」

「よし、血縁関係にある者同士の精霊なら話が通じる！　俺の炎虎からお前の陽光獅子に話しかけて動き方を教えるから、お前はただオリアナを助けたいと祈り続けていろ」

「うん、やってみる！」

ぐっと頷いたポーリンが、ライオネルに両手を持たれながら、オリアナの傷口に金色の子供の獅子を下ろしていく。

「オリアナ、おねがい、なおって！」

泣き声とともに傷口に柔らかな肉球が触れた。ふわりと長い毛が傷口を覆った次の瞬間、光が破裂するように輝き、視界を奪われたオリアナはそのまま意識を失ってしまった。

第七章　みんなで幸せに向かって

ゆっくりと意識が浮上してくる。誰かが耳のそばで、必死に名前を呼んでいるようだ。

どこかで聞いた声のような気がする。

ぼんやりと意識が戻ってきた。それと同時に、はっきりと声が聞こえる。

「オリアナ！」

先ほどから意識が戻りそうでなかなか瞼が持ち上がらない状態が続いていたせいだろうか。

ようやく開けることができた瞼の隙間から見つめれば、ライオネルが黒い瞳で瞬きもせずにこちらをジッと覗き込んでいるではないか。

「気が付いたか、オリアナ」

いつの間にかシーツの上で持たれていた手を、さらに強く握り込まれた。手に加わる力で、やっと意識が、暗闇からはっきりとこちらへ戻ってくる。

「ライオネル様……？」

どうしてそんな顔をしているのだろう。ひどく不安そうにオリアナを見つめ、視界の中いっぱいに近付いているではないか。

「私……？」

少し横を見てみれば、どうやらここは後宮のオリアナの部屋だ。コンスレール宮に戻った時に、いつも出迎えてくれる紫のカーテンが窓辺で優しく揺れ、明るい秋の日差しが輝いている。

――なぜ、昼間なのに寝ているのか。しばらく考えて、今も心配そうに見つめているライオネルの瞳で、やっとあの夜のことを思い出した。

「そうだわ、あの夜……私、怪我をして……」

まざまざとその時の光景が脳裏に浮かんでくる。

「ポーリン様は精霊を使って大丈夫でしたか⁉　それに、テオ様はあの後どうなって――」

勢い込んで尋ねれば、起き上がろうとした弾みに傷口が大きく痛んだ。「うっ」と思わず屈めた体を、ライオネルが慌てて抱き留めてくれる。

「まだ、動くな！　精霊術で助かったとはいえ、腹に傷を負って、六日も眠っていたんだ。無理をしてはダメだ」

いつもの鬼上官の口調なのに、今は本当に心配してくれているようだ。ライオネルの黒い瞳が瞬き、起こそうとしたオリアナの体を、もう一度丁寧に布団へ寝かせてくれた。

そうだった。あの時血が止まらなくて、このまま死んでしまうのかと覚悟をしたのだった。手足が冷たくなり、もうライオネルのそばにはいられないかもしれないと思い涙をこぼしたのに、今度も助けてくれたのだ。思い出して見つめれば、目の前ではライオネルの顔がくしゃっと歪んでいく。

「ふたりは無事だ。ポーリンの体調も大丈夫だ。よかった、目を覚ましてくれて……。何日も、意識が戻らない君を見ている間、どれだけ胸が潰れそうだったか」

きっと本当に心配してくれていたのだろう。俯きながらギュッと握りしめてくる手は、訓練では幾度も触れたはずなのに、今はそこからオリアナを思う優しさと温かさが伝わってくる。

「ライオネル様……」

名前を呼べば、手にいっそうの力がこもった。ひょっとしたら、涙をこぼしているのかもしれない。握りしめている手の先から、微かな震えが伝わってくる。

「ご心配をおかけして、すみませんでした」

だから、優しく宥めるように話しかけた。

「そういえば、あの後はどうなりました？　あの事件を起こしたマンニー国の使者は、どうなって……」

「ああ」

やっと顔を上げたライオネルは、やはり少し瞳が潤んでいるようだ。

それでも、ジッとオリアナを見つめながら答えた。

「あの事件を起こした使者は、尋問した上で国境まで兵たちに囲ませて、マンニー国に送還した。相手の王にも事実関係を綴った書簡を送り、国境で受け渡しをさせたから、こちらの申し出にはいずれなんらかの反応があるはずだ」

「それは――ライオネル様が、あの使者に伝えておられたことですね？」

テオとポーリンに会いたいのならば、マンニー国の王が直々に来いと。

「ああ、我が国を蔑視しているマンニー国の王だ。聞き届けるかどうかは不明だが、孫たちを心配しているのが本心ならば、なんらかの反応があると信じたい」

「そうですね。もし本当に会いたいと思ってくださるのならば、きっとライオネル様の書簡にもなにか応えてくださると思います。もし訪問していただければ、タリア様の故郷とも国交が築けるよい機会となります。きっとテオ様の将来のためにも、これ以上ない選択になると思うのですが――」

「そうだな。だが、こればかりは、相手の出方次第だ」

その言葉には頷くことしかできない。

人が自分のこれまでの意識や価値観を乗り越えていく時、どれほどの大きな壁と戦うことになるのか。

「それでも、来てくださるといいですね……」

そう呟くと、ふっとライオネルの顔が笑った。

「そんな風に言ったのは、エステル事務政官以外では、君だけだな」

「え？」

「みんな、絶対に無理だと口を揃えていたよ。あのマンニー国の王が訪ねてくるはずなどないと。だけど、それでも俺が賭けた気持ちを君はわかってくれるんだな」

静かにこちらを見つめる煌めく黒い瞳に、思わず心臓が高鳴ってくる。

「それは、ライオネル様が、テオ様とポーリン様を大切になさっておられるのをよく知っていますし――」

「そうだな。君は、本当に俺の気持ちをわかってくれる」

だからと、ライオネルが頭を下げた。

「すまなかった。君が俺の妃ということも知らず、後宮は信用できないと言い放っていたなんて――」

突然の謝罪に、目を丸くする。

「頭をお上げください！　そもそも私がメイドの格好をしていたのが悪かったのですから！」

「いや、そうだとしても、たしかに俺は後宮というだけで避けて、その真実を見ようとはしなかった。だから、すまないと言わせてくれ。そして――ありがとう」

「え？」

突然の言葉に、紫の瞳を大きく開いてしまう。

「そんな俺のところに、帰ってきてくれて――。目を覚まさない君を見ている間、どれだけ胸が潰れそうだったか」

「ライオネル様……」

「ありがとう。ずっとそばにいてほしいという言葉に応えてくれた」

そっと優しく抱きしめられた。

「それは……もちろん。私のいる場所はライオネル様のおそばしかありませんから」

すぐ前で漆黒の瞳が濡れたように煌めいているのを見ると、いつも返している言葉なのに、なんだかとてもドキドキとしてくる。

(――って、よく考えたら私。すごいことを言っていなかった!?)

これが最期になるかもしれないと思ったから、心のままに話してしまった。改めて思い返してみると、頭の中に甦ってくる記憶に、どんどん顔が熱くなってくる。

(そういえば、ライオネル様も私に一生涯そばにいてほしいって……!)

オリアナは最初からそのつもりだったから、つい素直に返事をしたが、よく考えてみれば、あれはどういう意味だったのか。

それにオリアナも、ずっとそばにいたいと答えてしまった。

(あ、あれ? あの言葉に、あの返事って……。よく考えたら、まるでプロポーズみたいよね?)

いやいや、そんなはずはないと、俯いて赤い顔を隠す。だが、それならば、なぜその時、ずっとライオネルのそばで過ごしたいと考えたのか。

(しかも、テオ様やポーリン様を一緒に見守って過ごしたいだなんて)

あの時のオリアナが描いた想像図は、とても護衛やメイドとしてのものではなかった。頭の中でライオネルと一緒に並び、ふたりの成長を見守っている姿は、まるで仲のいい夫婦そのものので――。

（いや、夫婦なのは事実だし！　仲がいいのなら、それに越したことはないんだけれど！）

どうしてだろう。今になって考えてみると、焦がれるほどその光景になりたいと願ったような気がする。

いたたまれない気分になって、かあああっと頬が熱くなった。これでは、まるでオリアナがライオネルに恋をしているかのようで――。

（ううん、あの時はライオネル様も私も勢いで、ああ言ってしまっただけだから！）

あれはそれだけの意味にすぎないと自分に言い聞かせるのに、ライオネルは抱きしめていた手を離すと、優しく微笑みかけてくる。

「だから、俺も君の意識がない間中、考えていたんだ。もし君が目覚めたら、ずっと俺のそばにいると言ってくれた君に、それに応える場所を与えようと――」

「それは……」

ひょっとして、オリアナが望んでいたように、官吏としての職を与えるという意味なのだろうか。この後宮を出て、ライオネルの腹心のひとりとなる。

（待って、つまり妃ではなくなるということ？）

後宮を出されるかもしれないと思って、最後にやりたいことをしていたはずだった。その時に立てた、いずれはライオネルのそばで働けるように頑張るという目標は達成できたはずなのに。どうしてだろう。胸の中に、言葉にできない感情が膨れ上がってきて焦る。

「ライオネル様……！」

自分を後宮から出すということですかと、尋ねようとした時だった。

「オリアナ！」

かわいいふたつの声が部屋に元気に飛び込んでくる。

「テオ様！　ポーリン様！」

駆け込んできた無邪気な姿に、一瞬でそちらに目を奪われてしまう。

ふたりとも元気だ。後宮に預けていたテオも、事件で熱いと泣いていたポーリンも、涙を浮かべながら、笑顔でオリアナのそばへと駆け寄ってくるではないか。

「オリアナ、よかった！」

「ポーのために、ごめんねー」

寝ている体にどんと縋りつくように駆け寄ってきたふたりに、心の底から愛しさが溢れてくる。せっかくの、大きな青い瞳がふたり揃ってうるうるだ。

（ああ、なんてかわいいのかしら。このふたりが攫われなくて本当によかったわ）

手を伸ばして、撫でてやる幼い頭から伝わるこの温もりがどれほど愛らしいことか――。

「いいえ、おふたりがご無事で私こそ嬉しいです。ポーリン様、精霊を使って助けてくださり、ありがとうございます。お体の調子は、いかがですか？」

「うん！　だいじょーぶ」

ぶんぶんと首を大きく縦に振っている。

「テオ様は、後宮でのお暮らしはいかがでした？　みんな優しかったとは思いますが」

「うん。みんなね、僕が寂しくないようにって、楽器を弾いてくれたり、いろんなゲームを出してきてくれたりしたの！　服もいろいろと作ってくれて」

きっと第七妃やグレイシア、そして他の音楽が得意な妃たちもあやしてくれていたのだろう。

「後宮って、母上が亡くなってから怖いところかと思っていたけれど、優しい人たちばっかりなんだね！」

「そうでしょう？　本当は、みんなとてもよい人たちばかりなのです」

「うん、僕またみんなと遊びたい！」

「そうですね。これからはテオ様も、後宮に遊びに来てください。もちろんポーリン様も」

「うん、ポーのおよーふくも、あたらしいのをつくってくれたの」

そう話すポーリンが身に纏っているのは、苺色のリボンが蝶々型についたかわいらしいドレスだ。

どうやら、後宮はふたりを歓迎してくれたらしい。そのおかげでライオネルの後宮不信もだいぶ薄らいだのだろう。やがては、ライオネルも、普通に後宮へ通うようになっていくのかもしれない。

笑いながら、なぜか少しだけ胸が痛んだ。

「あれ？」

どうしてだろう。後宮への不信からライオネルが解放されるのは、オリアナが望んでいたことだ。そして、たとえオリアナが後宮を去る未来になっても、官吏としてはライオネルのそばにいられるはずなのに。ちくちくと痛む胸に戸惑う。

ライオネルを見つめれば、彼も銀の髪をかき上げながら、少し迷っている表情だ。

「そうだな、今は目が覚めたばかりだ。もう少し、元気になってから改めて話そう」

その言葉がなにを意味しているのか。目を見つめながらも黙り込んでしまうことしかできない。その時だった。後ろの開いたままになっていた扉から妃たちの呟く声がこぼれてくる。

「――じれったい」

今のはなんだったのだろう。くるっとそちらを向いたが、覗いていた妃たちらしき姿は、さっと扉の陰に消えてしまった。

それから毎日ライオネルはお見舞いに来てくれた。忙しい合間を縫ってなのだろう。滞在時間は短いが、代わりに午前と夕方に必ず二回顔を見せてくれる。

一連の事情を知った後宮長にはたっぷりと叱られたが、予想した通り、処罰の対象とはならなかった。特に二回目以降は、ライオネルから求められて会いに行っていたというのが、大きかったようだ。

テオとポーリンも後宮へ来るのを許されるようになった。乳母と護衛に連れられて訪れると、ずっとベッドに寝たままのオリアナに、昨日会ってから起こったことをいろいろと話してくれる。勉強や美味しいお菓子、ポーリンは精霊獣の勉強も、自分の覚醒を心待ちにするテオと一緒に始めたらしい。それから後宮の妃たちが遊んでくれたカードゲームや聞かせてくれた音楽についてなど。

「とっても綺麗な音色だったんだよ！　僕も吹きたくて、教えてってお願いしたんだ！」

「ポーも、カタカタなるがっきをたたかせてもらったの」

説明してくれる形からして、多分カスタネットだろう。年齢的にも遊び道具として合っていたらしく、ポーリンが両手で叩く真似をして話している。

「そうなのですね。おもしろかったですか？」

「うん！　この後も、教えてもらう約束になっているんだ！」

だから、行ってくるねと手を振りながら、オリアナのもとから飛び出していく。

「行ってらっしゃい。でも、乳母から離れてはダメですよ」

「わかってる！」

元気に走っていく姿はかわいいが、なにしろ後宮は広い。迷子になっては大変と、ひと声かければ、ふたりは乳母がまだ来ていないのに気が付いて、こっちこっちと急かすように手招いている。

ふふっと思わず笑みがこぼれた。ふたりは、後宮への出入りにもすっかり慣れたようだ。

それにふたりが出入りすることを許したライオネルの様子からしても、きっともう後宮を信頼できない場所とは思っていないのだろう。あんな事件の後だから、来るのに乳母と護衛はつけているが、そこまで妃たちを警戒しているようには思えない。

「──いいこと、だよね」

ライオネルの後宮不信も治り、テオとポーリンを理解して遊んでくれる人たちも増えた。しかも、それがこの国でも有数の貴族たちの令嬢だ。ふたりの将来を考えれば、彼女たちの家門が好ましく思ってくれるのは、なによりのはずなのに。

はああと、思わず大きな溜め息が出てしまう。

「どうしてなのかしら……」

これできっとライオネルも後宮に通うようになると思うと、気分が重たくなってくるのは。

「それに、あの言葉の真意って──」

やはり、オリアナを後宮から出し、最初に望んでいたように官吏として迎えるという意味なのだろうか。だとしたら──、怪我が治るのと同時に、オリアナの妃としての役目は終わりになるのかもしれない。

　ごろんとベッドの上に転がった。

「別に、どちらにしてもライオネル様のおそばにいられるのだから、問題はないはずなのに」

　ライオネルが、これからは後宮にいる妃の誰かのもとへ通うのかもしれないと思うと、どうしてこんなにも胸が痛くなってくるのか。

　おかしい。グレイシアのもとへライオネルが通っていると思っていた時は、こんなことはなかったはずだ。いや、なぜか少し胸が苦しくなるような気はしていたが、ここまで締めつけられるほど辛くはなかった。

　ライオネルが後宮にいる誰かのもとへ通い、やがてその妃を愛していく。テオの継承権の問題もあるから、誰彼かまわずとはいかないだろう。それでも、テオとポーリンを受け入れ、その母親となる覚悟のある女性を見つけたら。そしてその妃を愛したら――。本当は情の深いライオネルのことだ。その妃を生涯愛していくのに違いない。

「あれ？　なんで、嫌だって思ってしまったのかしら」

　形が変わっても、これからもライオネルのそばにいられるのだから、問題はなにもないはずなのに。

「ライオネル様が誰かを愛されて、幸せになれるのなら……それで私も幸せなはずよね。それなのに、よくわからないわ……」

自分で自分の感情が。咄嗟に両手で顔を覆う。ふと、その指の隙間から、開いたままの部屋の扉の向こうで動くメイジーの影が見えたような気がした。

「うん？　メイジー？」

彼女は、オリアナが怪我をしてからしょっちゅうお見舞いに来てくれている。目が覚めてから妃たちの中で一番に訪ねてきてくれたのはメイジーだったし、それから毎日グレイシアと争うようにして様子を見に来てくれている。

おかげで、病床でも退屈とは無縁で過ごせていたが、どうして今はなにも言わずに去ってしまったのか。思わず首を傾げたが、それから数日、メイジーがオリアナの部屋を訪ねてくることはなかった。


十日以上が経ち、窓から吹く風が、ゆっくりと秋の深まりを告げていく。

だいぶ朝夕も涼しくなってきた。昼の日差しは、秋の優しさで煌めき、木の葉も少し色づき始めた頃。

「今日は、久し振りに散歩をしてみないか」

部屋の中でも歩き回れるようになり、医者からも激しい運動をしなければ、もう外を歩いても大丈夫だと言われた次の日だった。訪ねてきたライオネルが、ドレスを着たオリアナにそう話しかけたのは。

（なにを言われるのかしら）

いよいよこの間の話の続きだろうかと、後宮の庭を散策しながら考え込んでしまう。庭には、金木犀がオレンジの花を咲かせ、あちこちから柔らかな香りが漂ってくる。目を落とせば、コスモスももう咲いているようだ。秋の風に清楚な姿を色とりどりに揺らしている。

「この間、話していたことだが――」

並んで歩いていたライオネルの言葉にどきっとした。やはり、後宮からの退出を切り出されるのだろうか。

「マンニー国王から返書が来た」

「え？」

今は予想していなかった件に、目をぱちぱちとさせてしまう。だが、気になる内容に、そのままライオネルへと顔を向けた。

「向こうからは、改めてテオとポーリンを引き取りたいという申し出があったよ。娘が殺されたという噂を聞いた。だから、そんなところにふたりを置いておきたくはないと――」

「それで、なんとお返事を」

ライオネルのことだ。まさかこれでふたりをマンニー国に渡してしまうとは思えないが、改めて申し出があったとなれば、返事が必要になってくる。だから、勢い込んで尋ねると、ライオネルはゆっくりと足を止めた。

「ああ。そのせいというわけではないが、君から話を聞いた後、改めて義姉上の死因について調べてみた。君が寝込んでいる間に、グレイシアが見ていたという義姉上の侍女のもとへ行き、目撃証言を話して問い詰めてみたんだ。結果、君が予想した通りだったよ」

ポーリンが落とした瓶に慌て、急いで代わりを探した。そして、高いところに置いてあった似た瓶を見つけ、蜜だと思い込んで、ポーリンに渡してしまったのだという。

「問い詰めれば、自責の念に苦しめられていたんだろう。義姉上に申し訳なかったと泣きながら何度も、謝罪を繰り返していた」

「そうだったんですね……」

隠してもらったために、ずっと自分の罪に苛まれ続けていた。

「会ってみると、痩せこけて肌もぼろぼろだったよ。ずっと眠れない日々を過ごしていたらしい。それでも、今まで口にしなかったのは、義姉上がそう頼んだからだそうだ」

たとえ意図していなかったとしても、ポーリンが毒になる薬を渡してしまったこと。ふたりの子供たちの未来のために、決して口外しないでほしいと両手を握って祈るように懇願されたらしい。

「もし話してくれていれば――俺は、どんなことをしても義姉上とポーリンたちを守っていたのにな」

「そうですね。でも、やはりタリア様は、子供たち以外も守りたかったのですよ」

そう口にすれば、少し視線を空に持ち上げていたライオネルが、不思議そうに見つめてくる。

「タリア様はきっと――子供たちとライオネル様だけではなく、その侍女をも助けたかったのではないでしょうか」

知らずにしたこととはいえ、後宮の妃に毒を渡したとなれば、その侍女は、死罪を免れなかっただろう。

この国ではよい印象を持たれないマンニー国の姫が自分を庇って亡くなったことを悼み、ぼろぼろになってしまうほど侍女は自らを追いつめていた。だとしたら、それはきっと生前のタリア妃と、侍女の間に、優しい気持ちの交流があったからだ。

もちろん、マンニー国の生まれである自分の娘が、後宮でかつての恋敵に毒を渡したとなれば、タリア妃も宮廷中から非難の目を向けられたに違いない。それから庇ってくれるライオネルの立場と、子供たちの未来、そして侍女の命を考え、咄嗟に黒い眼差しから全員を守ったのだ。

「そうかもしれない……」

「ええ。きっとタリア様は、我が子だけでなく、ライオネル様も後宮にいる侍女たちも本当に好きだったのです。だから、命を張った賭けを選ばれたのでしょう」

結果は悲しいものだったが。もしも叶うのならば、オリアナも一度そのタリア妃に会ってみたかった。それほど愛する人の家族を大切にし、その周囲までも守ろうとした女性に。

「だから、この件は、エステル事務政官以外にはふたりにだけ真実を告げることにした」

「ふたり？」

思わぬ言葉に誰だろうと考え込んでしまう。

「ああ、ひとりは兄上の後宮にいた先の第二妃だ。あの瓶を渡され、倒れた彼女には真実を知る権利がある」

密かに会い、タリア妃の死の真実と、事件の真相を伝えたところ、第二妃は涙を流しながら聞いていたらしい。

「そして、合意してくれたよ。あの事件の前日、ひとりで庭を歩いていた第二妃と義姉上が偶然出会い、四阿《あずまや》で少しだけ話をしている時に、初めて見たメイドからお茶を差し出されたということにしてくれると――」

「では、口裏を合わせてくださることになったのですか？」

「ああ。ポーリンは体が弱くて子供に恵まれなかった兄上が遺した、たったふたりの子供のひとりだ。愛した夫の子供を辛い境遇にはしたくないと頷いてくれたよ」

きっと第二妃も、先王を愛していたのだろう。だからこそ、生前はタリア妃と寵を争い、そして先王の死とともにすべての憎しみが終わりを告げたのだ。

「それならば、安心しました」

これで、もうポーリンがあの薬を渡したと公表する必要はない。あの侍女についても、密かに国外へ出されることになったらしい。追放ならば、タリア妃の遺志にも沿うだろう。

「では、もうおひとりはどなたに――」

「ああ、マンニー国王に密かに告げようと思う。義姉上は、両国の仲が悪い中、人の悪意が生み出すもののために自ら犠牲になられたのだと」

「えっ！」

まさか、思いも寄らない人物だった。だが、ライオネルはオリアナへ向き直ると、正面からその黒い瞳で見つめてくる。

「そして、返事にはこう書こうと思っている。今回この件を明らかにし、マンニー国に攫われそうになったポーリンを、命がけで守ってくれた女性を俺は后として迎えるつもりだと」

「え……」

完全に頭の中が真っ白になってしまった。今、ライオネルはなんと言ったのか。

「それは――」

咄嗟に言葉が出てこない。だが、目の前に立つライオネルは、静かに微笑みながらオリアナに近付いてくる。そっと頰に手が伸ばされた。

「今回、事件を解明し、俺が後宮を誤解していたことに気付かせてくれたのは君だ。それに、後宮の妃たちに、君は生きがいを与えたとも聞いた」

「それは……ただ、少しでもライオネル様のお役に立ちたかっただけで……」

どうしよう。なんて答えたらいいのかわからない。思わずライオネルの瞳をジッと見つめてしまう。

多分、顔が赤くなっているのだろう。言葉の出ないオリアナを、目の前のライオネルは優しい瞳で見つめたままだ。

「うん――君が、そう思ってくれる気持ちが、俺の中にある暗い影を吹き飛ばしてくれた。そして、そんな君を失いそうになった時、気が付いたんだ。俺は、いつの間にか君と生涯を共にしたいと思うほど、惹かれていたのだと――」

その言葉にライオネルの瞳を覗き込んだ。なんて綺麗な射干玉《ぬばたま》色の瞳だろう。銀の髪が秋の日差しに柔らかな金色に輝き、ひどく優しい印象を与えている。

ジッと見つめていれば、夜色の瞳に吸い込まれていきそうだ。

「わ、私――」

返事をしようと思えば、声が震えた。なんて答えればいいのか――。

後宮を出されると思っていたから、大パニックだ。

「私、てっきり妃をやめさせられるのかと思っていて」

「どうしてだ？　君は、俺の願いにそばにいると答えてくれた。そして、それを守ってくれたのだから、后に迎えるのならば、君が一番ふさわしいと思う」

「で、でも……。私は、田舎の貧乏男爵家の生まれです。后にふさわしい教育は受けてはおりません。家柄だって、他の妃様たちの方が……」

　わからない。本当に今言いたいのが、こんなことなのか。だが、不安で口から出た言葉はあまりにも真実ばかりで――。自分で言いながらも、分不相応な位だと、ひしひしと感じてしまう。

　だから、頬に触れているライオネルの手を握った。頬から離す覚悟をしなければならないとわかったから。

「そんなのはかまわない！　俺は君だから、やっと後宮に通い后を迎える決意を固められたんだ！」

「でも、私では、とても務まるとは思えません……。田舎娘の私では、ライオネル様にきっと迷惑をかけてしまいます……」

　話しているうちに、涙がぽろぽろとこぼれてくる。

（ああ、そうか）

　やっと口にしながら気が付いた。

　どうして、こんなにも悲しいのか。ライオネルの言葉を聞いた瞬間は、驚きとともに天にも昇る心地だったのに。しかし、頷いたら、オリアナでは彼に辛い思いをさせてしまうかもしれない。

　テオやポーリンの母にもなりたい。ただ、どう考えても、今のオリアナが后となるには、足りないものが多すぎて。

「オリアナ――」

ぐっと手を握りしめた。

「きっと、ライオネル様に嫌な思いをさせてしまいます。だから――どうか、他のお妃様を……」

続きを言いたくない。それでも、承諾するときっと不幸にしてしまうという思いで、ライオネルの手を頬から外し、喉に詰まった最後の言葉を押し出そうとした時だった。

「陛下！」

突然背後の茂みが揺れたかと思うと、ざっとメイジーが飛び出してきたのは。

あまりに急すぎて、思わず瞳がまん丸になってしまう。

だが、よく見れば、木陰からはぞろぞろと他の妃たちも出てくるではないか。

「えっ、ええっ⁉」

（まさか、全員に見られていた⁉）

予想外の事態に背筋に冷たいものが流れるが、その前でメイジーはきりっとした表情でライオネルへと近付いていく。

「陛下、突然のお目通りを失礼いたします」

「あ、ああ……」

後宮でここまで強引なお目通りもそうないだろう。それでも、戦場で突然の事態には慣れているのか。正面からライオネルは、メイジーの視線を受け止めている。

「陛下、どうかお願いがございます！　私を、王后陛下の奥司長にお命じくださいませ」

「メイジー⁉」

思わずびっくりして、名前を叫んでしまう。しかし、メイジーは堂々とライオネルの前に立ったままだ。

「古来、王后陛下の奥司長は、後宮で陛下のお手のついていない妃から選ばれることになっております。幸い、私はまだ陛下がお通いになってはおりません。ですので、これよりはオリアナ妃のそばに仕え、彼女の手足となる補佐として支えていきたいと思います」

「その心がけは嬉しく思う。たしかに、そなたと会うのはこれが初めてだ。だが、君はそれでいいのか？」

そう尋ねたのは、奥司長に就けば、慣習で二度と妃としては扱われないからだろう。

「はい。一族は、私にこの後宮での出世を願っておりました。ですが、妃としての栄華はもう諦めておりますし、それならば友人のオリアナ妃が后となるのを助け、この後宮で妃以外の一番の地位に就きたいと思います！」

王后の奥司長は、後宮長よりも上の立場だ。たしかにそれならば、メイジーの一族の希望も叶えられるが。

「メイジー」

不安になって名前を呼べば、彼女はにっこりと笑っている。

「いいの！　陛下とよりオリアナといられる方が、楽しいから！」

なんとなくメイジーの言葉が建前ではなく、本心のように感じるのは気のせいだろうか。

「陛下」

次いで、木陰から現れた妃たちがライオネルの前に並んだ。錚錚《そうそう》たる顔ぶれだ。第二妃を先頭に、ずらりと後宮の妃たちが並んでいる。

「陛下のご意向、たしかに、私たち妃承りました。オリアナ妃は、この後宮でただ親の言いなりに生きていくしかないと思っていた私たちに、もっと自由を望んでもいいと教えてくださった恩人です。ですから、私たちもオリアナ妃の立后を支持いたします」

「第二妃、第三妃」

裾を持ち優雅に挨拶をする妃たちに、ライオネルが瞳を向けた。

「お前たちにも、長い間孤独な思いをさせた。これからは、後宮への見方も変えたいとは思っているが、お前たちを妃として幸せにできるかはわからない」

「それは、テオドラール王子様のことがあるからですか？」

穏やかに尋ねてくる第二妃に、ライオネルは静かに頷いている。

「今は、もうお前たちを信頼していないわけではない。だが、妃たちの背後には、それぞれの有力な家門がついている。もし、子供ができれば、必ずや後継者問題となるだろう」

「その点につきましても、オリアナ妃ならば安全ということですわね。失礼ながら、ご実家に陛下の意向を左右できるほどの力はございませんから」

「ああ、そうだ。だが、それ以上に、オリアナならば俺の気持ちもわかってくれると信じている。もし、俺が後宮へ通うようになっても、他の妃たちと子をなすことはできないだろう。そんな男のそばにいるよりは、望むならば後宮から退出する許可を出すが……」

ライオネルの申し出に、第二妃がゆったりとした笑みを浮かべた。

「きっと、そう言われると思っておりました」

「だって、陛下ったら、気持ちがダダ漏れなのに、じれったいのですもの。後宮中で、対策を話し合う時間があるくらい」

横から茶化すように口にしたのは、第三妃だ。燃えるような赤毛を揺らしながら、ふふんとライオネルを見つめている。

「ですから、私たち決めましたの。ここで生涯子をなせずに過ごすくらいなら、いっそここはやりたかった生きがいへ懸けてみる場にしてみてはどうかと」

「第三妃？　それは、いったいどういう計画だ？」

「つまり、せっかく後宮に入ったのですもの。妃という立場を生かして、自分たちがしてみたいと始めたことを、存分にこの国に広めてみようかという話になったのです」

「だって、後宮からならば、女性だからって誰も咎めはできませんよね？　どうせならば、したいことをしてから妃をやめてもいいのではという話になったのです」

後ろからにこにこと話してきたのは、第七妃だ。

「陛下も、私たちの望んでいる内容は、この間ご覧になりましたし……。それを許可していただけますか？」

静かに笑う第二妃の言葉に、ライオネルは妃たち全員が身を引くと言ってくれているのに気が付いたのだろう。

「ああ、もちろん……！　それが、願いならば。俺は君たちに応えられない贖罪として、なんだって受け入れるつもりだ」

「それならば、どうか私たちの広めたいものにご賛同ください。陛下のご協力があれば、きっとこの国に、女性の新しい生き方を広めていくことができます」

「わかった。それが、妃たちの願いならば」

叶えようと頷くライオネルに、第二妃が柔らかく笑いかける。

「そして、もし、私たちがいつか陛下とオリアナ妃のように誰かを慈しみたいと思った時には、どうか私たちの生き方を認めてくださる方に再嫁させていただけますか？」

きっと、それは女性としての幸せもいつかは掴みたいという願いなのだろう。ここでは望めないと自分の中で区切りを作り、新しい幸せを探していく。ただ実家に戻れば、新たな政略の駒にもされかねないから、それよりは、自分の生き方を認めてもらえる者と連れ添っていきたいという思いが伝わったのか。真摯に見つめてくる眼差しに、ライオネルが深く頷いた。

「ああ、その時は約束しよう。君たちが尽くしてくれた、この国の王として。必ず、君たちが幸せになれる相手を選び、妻合《めあ》わせると」

「ありがとうございます」

頭を下げた妃たちの横から、豪奢な金髪を揺らしたグレイシアが前に出てくる。

「私は、後宮に残りますわよ。後宮のお妃様が作った服という方が箔がつきますし」

それになによりもと、優雅に扇を広げながらふたりを見つめてくる。

「後宮の作法をよくご存じでないオリアナ后を支える第一妃は、私でございませんと。堅苦しい礼儀作法や群がってくる権謀術数、なんでもご相談くださいませ」

「グレイシア様――」

グレイシアが、こんなことを言ってくれるなんて。

「でも、いいのですか？　グレイシア様は後宮を出たいとあれほど願っておられたのに」

「他の妃たちとは違い、私の父はライオネル様が政治を行う上で必要な強力な支援者ですわ。簡単に私を後宮から出しはできないでしょう。それに私はすでにライオネル様のお通いがあったということになっておりますし。当面は後宮でオリアナ妃を支えた方が、波風が立たなくて済むかと。ああ、ただし――」

にこっとライオネルに笑いかける。

「これまで同様、お通いはドライにお願いいたしますわね。せっかくのオリアナ妃との友情が、陛下の劣情のために破綻してしまうのは甚だ遺憾でありますから――」

「お前、実は徹頭徹尾、俺と恋愛する気はなかっただろう?」

「あら、もちろん陛下にその気がありましたら考えましたわよ? でも、そのおつもりはないようでしたし、単純に私の好みとも違っただけですから、お気になさらず」

あっさりと言い切る強さは、さすがはグレイシアだ。

これには、ライオネルもさすがに男としてのプライドを砕かれた顔だが、グレイシアは気にも留めず、そっとオリアナの肩に手を伸ばしてくる。

「だから――オリアナが手を取って差し上げなければ、陛下は二度と愛する人と幸せにはなれませんわ」

「え……」

その言葉で周りを見回せば、後宮中の妃たちが、うんうんと首を縦に振ってくれている。

きっと、ここのところ悶々としていたオリアナの様子に気が付いていたのだろう。

「妃たちは、とうに陛下が後宮へ足を運ばれるのは諦めていました。だから、そんな陛下がこのところ毎日後宮に来ているのは、本当にあなたのためなのですよ」

「私……」

グレイシアとみんなの眼差しが、後ろから背中を押してくれる。

やっと、自分の気持ちを認めるのを許せた。

真っ直ぐにライオネルを見つめる。

その瞳に気が付いたライオネルが、改めてオリアナの肩に両手を置いた。

「君が好きだ。いつも明るくて、俺の心を照らしてくれるような君が――。だから、俺の横に立ち、これからの長い人生を対等な立場で一緒に歩いていってほしい」

「私……」

声が震えてくる。それでも口を閉じず、ライオネルの瞳を見つめて囁いた。

「ライオネル様のことが大好きです。初めて助けていただいた時から、ずっと……。でも、今では、いつの間にかもっと好きになっていて……」

どうしよう、告白なんて初めてだから、うまくできない。ぽろぽろと出てくる涙をぐっと手で押さえた。涙と一緒に、笑顔もこぼれてくる。

「だから――本当は、ライオネル様も私を好きになってくれて、とても嬉しいのです。これからは后としてずっとおそばでお支えしてもいいでしょうか？」

「ああ！　ありがとう！」

やっと返事ができたと思ったら、その瞬間ライオネルに抱きしめられた。

「よかった！　きっと幸せにするから」

「では、私もライオネル様とふたりのお子様たちを幸せにいたしますね。おそばに置いていただけたことを、必ずや後悔させたりはしませんから――」

「それは俺の台詞だ。君が后になってくれたのを、後悔させたりはしない！」

半分泣きながら見つめ合う顔は、どちらもとびきりの笑みで溢れている。不器用なふたりに、周囲もやっとくっついたという様子で、肩を竦めながら温かな眼差しを向けた。


それからは、怒濤のように忙しかった。

まず、翌日には、話を聞きつけた子供たちが部屋に駆け込んできた。

「オリアナ！」

「オリアナが、母上になるって本当⁉」

小さな手を思い切り広げて駆け寄ってくるのは、ポーリンだ。その姿と一緒に走ってきながら、テオもびっくりした顔で部屋に座っていたオリアナのそばへと近寄ってくる。

ふたりともライオネルから聞いたのだろう。

だから、優しい笑みで、大きな青い瞳を覗き込んだ。

「はい。私がテオ様とポーリン様のお母上役をすることになりました。なにしろ初めてなので、いたらないところばかりだとは思いますが――。テオ様とポーリン様は、私が母親になってもかまいませんか？」

「うん！」

ポーリンは無邪気にオリアナにしがみついてくる。ただ、テオは少しだけ複雑そうだ。

「僕は――かまわないよ。オリアナは、僕を助けてくれたし、ポーリンも無事に連れ戻してくれたから。ただ……」

「ただ？」

「なんて呼べばいいのか、わからない……」

俯いた顔に、ああと頷く。きっと少しだけ記憶がある分、テオの中では、母上というのはタリア妃のための呼び名なのだろう。その言葉で呼ぶのは、もう母が二度と帰ってこないとわかってはいても、すべてをなくしてしまうようで悲しいのかもしれない。

「テオ様」

そっと黒い髪を撫でた。柔らかなくるっとした髪だ。きっとタリア妃も、この髪を撫でて優しく微笑んでいたのだろう。

「母上という呼び方は、テオ様の大切な思い出と一緒なのでしょう？　でしたら、大事に取っておきましょう」

生きていた当時の実の父の姿は覚えておらず、生みの母の記憶も微かにしかないテオにとっては、その呼び名をなくすのは、ますます記憶が朧になっていくような不安があるのかもしれない。

撫でながら言えば、テオが青い瞳をぱっちりと開いた。

「でも、それならオリアナのことはなんと呼べば……」

「おかあしゃま！」

その瞬間、膝にしがみついていたポーリンがかわいい声をあげた。

「ポーはおかあしゃまがいい！　オリアナは、ポーのおかあしゃまになってくれるんでしょう？」

「お母様……」

テオもその言葉を口にして、反芻している。そして、頷いた。

「うん、そうだな。お母様がいいな。オリアナは、僕たちのお母様になってくれるんだよね？」

「はい！　喜んで！」

はにかみながらこぼすテオの笑顔がかわいくて、思わず膝に抱き上げてしまった。

「あー、ずるい！　ポーも！」

手をバタバタとさせて訴える姿に、ポーリンも右側の足へと抱えてやる。

ひとつずつの足に乗ったふたりはとても満足そうだ。

（ああ！　腕立て伏せをしていてよかった！　これからもこの子たちを抱っこしてあげられるように、完治したら毎日続けよう！）

これから家族となっていくふたりに、寂しい思いを味わわせたりしないように。

突然継母になるのに、ふたりが歓迎してくれるのがありがたい。

（楽しい家族になりたいな……）

こんな風に笑い合える時間がずっと続いていきますようにと、願いながらふたりを抱きしめた。


穏やかに決意した次の日の午後。オリアナを待っていたのは、大量の絹の山だった。

「はい、ではとりあえずこちらを肩にかけてみて！」

「グレイシア様、あのこれはいったいなにを……」

目の前に並べられているのは、十枚以上のデザイン画と数人がかりで運ばれてきた色とりどりの絹地だ。

巨大な姿見の前に立たせられ、グレイシアたちが次々と肩に白や金色の布地をかけていく。

「陛下に申し上げて、オリアナの立后式の衣装は、私たち妃で用意することに承諾してもらったの。だから、腕によりをかけてデザインをしたわ！」

話すグレイシアと一緒に絹を持っているのは、以前ウィズール宮で共に裁縫をしているのを見かけた妃たちだ。

「ご衣装はグレイシア様が考えられたので、私はデザインに合う布地の選定をしてみました！」

「ドレスに合わせる小物は、私に任せてください！」

どうやら分業制で相談して、どんどん進めているようだ。

「どう？　立后式の衣装ならば、結婚式と同じようなものですもの。こちらの白を基調としたドレスがふさわしいと思うのだけれど」

見せてくれるデザイン画は、すべて気合いの入ったものばかりだ。

「私としては、オリアナにはこの白と紫のドレスが似合うと思うの。花嫁らしさもあるし、王后としての気品も備えているわ」

オリアナの背が高いのも考慮してあるのだろう。紫色のレースをふんだんに使って、白絹と合わせてある。ドレスの細かなところに銀糸が煌めき、美しい刺繍を施されている様は、華やかだがとても高貴な印象だ。

「素晴らしいです！　グレイシア様！　こんなご衣装が着られるなんて――！」

今までに見たこともないような美しいドレスだ。オリアナが喜んだのが嬉しかったのだろう。ふふっとグレイシアが笑った。

「立后式までに、完璧に仕上げてみせるわ。楽しみにしていてね」

「ありがとうございます！　それに、細部に使われている布地や小物のアクセサリーもステキで――！」

「よかったわ。でも一応、全部の布を合わせてみてね。実際に本人が纏った感じを確かめてみたいから」

「はいっ！」

「アクセサリーもサイズを確認しないとね。それが終わったら、私たちは刺繍を手伝うから」

「ありがとうございます、皆様……」

妃たちが祝福して、后についてよく知らないオリアナを助けてくれる。

（私は、この人たちにも恩を返せるようになりたい）

オリアナのおかげで生きる希望を見つけたと妃たちは言うが、オリアナからしてみれば、彼女たちこそが、今のこの宮廷で、后としての作法をよく知らない自分を導いてくれるありがたい存在だ。感謝しながら見れば、第三妃が声をかけた。

「オリアナ妃、感動しているところを申し訳ないのだけれど、明日は私の絵のために時間を取っておいてくださる？」

にこっと笑いながら尋ねてくる。

「かまいませんが、絵ってなにかありましたっけ？」

「ふふっ、新しい王后陛下の肖像画を描いて、顔を覚えてもらうために民に配るのよ。これで王宮の印刷機の使用許可が出たから、張り切って描かせてもらうわね！」

「立后式でたたえる歌は、私に任せてね。もちろん、絵画に添える詩も書かせてもらうから」

にこっと告げたのは、第三妃と一緒に来た第二妃だ。

「立后式とともにあちこちで行われる祝いの場のゲームはお任せください。王后陛下の誕生を小さい子たちにも喜んでもらえるように、楽しいのを考えますから！」

生き生きと第七妃も笑っている。

「立后式の音楽は、後宮のお妃様たちが担当してくださるそうです。着々と準備が進んでいますね」

立后式の準備のために訪れていたエステルも、微笑みながらその様子を見ている。

なにもかもが慌ただしく調えられていく。あまりのスピードに、中心にいるオリアナの方が目が回りそうだ。


大勢の祝福が嬉しくて、覚えなければならない作法と格闘していたある日。

「マンニー国王が、立后式に来るそうだ」

部屋を訪れたライオネルから、突然驚くことが知らされた。

「マンニー国王陛下が!?」

あれほどリージェンク・リル・フィール王国に住むのは、獣を血に飼う民だと嫌っていた国の王なのに。

「ひょっとして、ライオネル様のお手紙が相手の心を動かしたのでしょうか？」

自分の娘がふたつの国の感情の狭間で不幸な死を遂げたこと。もし、その悲劇が相手の心を動かしたのだったら――。

「わからん。ただ、手紙にはテオとポーリン、そしてオリアナ、君に会いたいと書いてあった」

「私に？」

余計に謎だ。オリアナは、テオたちを連れていくのを邪魔した忌ま忌ましい存在なはずなのに――。

なぜ、そんな相手の立后式に来たいと言うのか。

思わず口に手をあてて考え込んでしまうと、ライオネルが心配そうに見つめてきた。

「どうする？　せっかくの立后式に嫌な思いをするかもしれない。日にちを延期することもできるが」

「会います！」

咄嗟に叫んでいた。

「むしろ立后式ならば、警備も万全です。テオ様たちにも安全な日だと思います」

「そうだな。君なら、きっと了承してくれると思っていた」

嬉しそうに、ふわりと額に顔が寄せられてくる。

「ありがとう」

相手がなにを考えて会いに来るのかはわからない。それでも、これがライオネルが望んでいたふたつの国の関係を変えるかけがえのないチャンスならば――。

「頑張りましょう。テオ様たちの未来のためにも、少しでもなにかが変わっていくように」

「ああ、そうだな」

微笑みながら、こつんと額がくっついた。

「立后式からはふたりへの呼び方も、テオとポーリンに変わるからな。母親らしく呼んでやってくれ」

「まだ慣れないですよ、なんだかおそれ多くて」

「そうか。でも、テオとポーリンは楽しみにしているぞ？　なにしろ、様をつけない親密な呼び方は俺だけだったからな」

「あ……」

（そうか、他の人には普通の呼び方でも、テオ様とポーリン様には違うのね）

礼儀という線を引かずに、自分自身を見てくれる呼び方。もし、それに憧れていたのだとすれば。

「一日も早く慣れるように、努力していきますね」

目を伏せ、しんみりと自分に誓うように口にする。

「そうだな。俺がこうやっても真っ赤にならないのと同じくらいには」

そう言うと、素早く頬にキスを掠めていく。どくんと心臓が高鳴った。体が治ったばかりだから、正式なお渡りは立后してからということになっているが、どうしてこんな瞬間にしてくるのか。

「ラ、ライオネル様⁉」

「すまん。でも、毎日会いながら、ここまで我慢しているのだ。少しくらいは許してくれ」

笑いながらの言葉に、怒ることすらできず顔がさらに赤くなっていく。

（でも、きっとライオネル様となら——）

これからどんなことが起こっても乗り越えていけるだろう。だから、謝りながら抱きしめてきたライオネルの体に、そっとオリアナも腕を回した。

「今だけですよ？」

「いいのか？」

「ええ」

短い言葉で、口付けが降りてくる。その感触のなんと甘やかなことか。

しばらく重ね合い、やがてふたりで抱きしめ合ったまま見つめた。

温かい。互いに抱きしめた腕から伝わってくる温もりが、なによりの宝物だ。

（まさか、そばにいたいと幼い頃から願っていたライオネル様とこんな風に人生を共にしていけるなんて）

なんて幸せなのだろう。

見つめ合うと、もう一度ゆっくりと唇に口付けられていく。長く重なり、息が切れそうだ。

やっと離してもらえるかと思えば、今度は角度を変えて、もっと奥まで触れたいというかのように、より深く口付けられる。

「ラ、ライオネル様？」

「わかっている。これ以上すると、歯止めが利かなくなりそうだからな。だから、これ以上は我慢をしておく」

（我慢って――）

これだけして？と思えば、頬に最後のキスを落とされた。

「これが、約束の証だ。俺は、生涯君を大切にすると――」

啄むように、そっと優しく触れてくる。

「続きは、立后式の後にしよう。君の体が完全に治るまで、無理はさせられないからな」

それは、つまり元気になれば容赦するつもりはないということで――。

特訓の時に見た鬼上官の顔が覗いたような気がして、思わず上目遣いで囁いてしまった。

「あの、あまり……激しくはしないでくださいね。初心者なので」

恋愛の特訓は初級からというつもりで言ったのに、ライオネルは目をぱちぱちとさせている。

そのきょとんとした顔で、オリアナの言葉が違う意味にも取れることに気が付いた。

「あ、いや、これは……！」

困った、どう言い訳をすればいいのか。

しかし、ライオネルは甘く笑いながらオリアナを抱きしめている。

「わかった、初級から始めるから」

「あの、恋愛をですからね？　誤解しないでくださいね！」

「わかった、それ以外は少々激しくしてもいいということだ」

やっぱり鬼上官だった。両想いになっても、どうやらこの面は変わらないらしい。

（でも――）

きっとライオネルとなら、いろんなことを乗り越えていける。そう思いながら見つめれば、さらに強く抱きしめられた。

さすがに頬が熱くなってくるが、伝わってくる温もりにホッとする。

（――ふたりならば、これから訪れるいろいろな出来事や、マンニー国王との会見だって、きっとなんとかなるはず）

そう思い、抱きしめ合いながら優しい笑みを浮かべた。


しかし、それを聞いた妃たちの反応は違っていた。

「マンニー国王が、我が国に来るですって⁉」

話した瞬間、全員が一斉に振り返ってくる。

「これは――正念場ね」

「ええ。我が国を蔑視しているマンニー国ですもの。今度の立后式に来るなんて、いったいなにを考えているのか」

「た、多分、ライオネル様の言葉に応えてなのだと思いますが」

「そうだとしても、油断できない状況だわ」

次の瞬間、グレイシアと衣装を用意していた妃たちの目が、きらっと輝いたような気がした。

「そちらのリボンを持ってきて！」

「髪型は、もっとボリュームを出した方がいいかしら？」

「紅は、もう少し華やかな色に変えた方がいいわね」

当日に向けて、あれこれと支度をしてくれる。

そのそばで、メイジーも持っていた帳面を開いて、当日の対策を始めた。

「いい？　オリアナ。立后式の日は、まずお祝いに来てくれた各国の要人を陛下と一緒に出迎えるの。挨拶は、歴代の王后陛下が各国の王族に言ったもので問題ないわ。もし、それでマンニー国王がなにか言ってきたとしても、私と陛下がそばにいるから！　王后陛下として、毅然とした態度でいて！」

腹が立つことがあったら、外に出た瞬間、私の水の精霊術で頭から水を浴びせてやるからと言ってくれるのはありがたいが、それでは確実に両国の溝が深まってしまう。

「でも、王后らしくといっても——」

官吏として挨拶をするのならば堂々と振る舞えるかもしれないが、王后陛下ということになると、気品や言葉遣いには自信がない。

「だいたい、この間まで田舎の跳ねっ返りだったんだから。ライオネル様の評判が、なんとか私のせいで悪くならないようにしたいのだけれど……」

考えてみれば、本当に、自分に王后の立ち居振る舞いなどできるのだろうか。

「なんだか――リージェンク・リル・フィール王国の王后として、マンニー国王に会うのが、みんなに申し訳なくなってきたわ……」

（こんなにがさつな私でいいのかしら）

不安が思わず口をついたが、メイジーは明るく笑っている。

「大丈夫よ。みんなは、あのライオネル陛下に女性への興味を持たせたなんて、それだけでオリアナは偉大だと思っているから！」

（あれ？）

なんだか予想もしない方向で反応されている。

「むしろ、あのライオネル様を落としたとはあっぱれ！　まさに不世出の妃、これぞ王后陛下の鑑と言われているから」

「ちょっと待って！　いつの間にそんな話になっていたの？」

「え？　第二妃様がそうたたえる詩をオリアナの絵につけて、今巻に流しているわよ！　もう絵と一緒に書かれた詩のおかげで大評判なんだから！」

第二妃——気のせいだろうか。ライオネルの後宮嫌いに少しだけ意趣返しをしているような気がする。

「それに、陛下もそばにおられるのですもの。私が怒るような事態なら、必ず陛下がオリアナを守ってくださるわ」

その言葉には、少しだけ目を開いてしまった。そして、優しく微笑む。

「ありがとう、メイジー」

「あら、お礼を言うのは早いわよ。これから何度だってそう思わせてあげるから」

満面の笑みを見せる彼女の表情は、まるでタンポポのようだ。明るくて、見ている者に元気を与えてくれる。


様々な思惑を乗せて、立后式の日はやってきた。深まった秋に木の葉は色づき、華やかに庭や山を彩っている。

朝からオリアナは髪を高く結われ、白と紫で作られたドレスを身に纏うと、ヴェールを引きながら後宮から六精宮へと渡った。

いよいよ今日だ。

六精宮に辿り着き、通路から厳かにホールの扉が開けられると、入り口で待ち構えていたテオとポーリンが駆け寄ってくる。

「おかあしゃま！」

「すごく綺麗です、お母様……」

嬉しそうにポーリンがその言葉を叫び、テオはまだ慣れていないせいか、はにかみながら口にしている。ふたりの出迎えに、オリアナもゆっくりと笑いながら手を伸ばしていく。

「テオ様――いえ、今日からは私の子供ですからテオと、ポーリン、ですわね」

オリアナもまだ慣れない呼び方に少しだけ照れて口にすれば、ポーリンの顔は輝き、テオは嬉しそうに赤くなった。その体を抱きしめる。

「これからよろしくね」

「うん！」

ああ、こうしていると今日が始まりなのだと実感する。

「オリアナ、よく来てくれた」

ふたりの後ろからは一緒にいたライオネルが、嬉しそうに見つめている。

「よく似合っている」

そう言って笑いながら、子供たちを抱きしめるオリアナへと近付いてきた。

銀糸で刺繡がされたオリアナの衣装に対して、火を操るライオネルは金色だ。燃えるような色の刺繡をされた袖を差し出し、これまでにないほど甘い顔で出迎えた。

「とても綺麗だ」

目を見ながら言われると、頬が熱くなってくるではないか。その前で、ライオネルはいまだにオリアナに抱きついているふたりの頭を軽く撫でた。

「こらこら、あんまりくっついていると、綺麗な服がみんな皺だらけになってしまうぞ。今日はお澄まししているんだろう？」

「はーい」

声を揃えて、かわいい姿が離れて横へと立つ。よく見れば、テオの服はオリアナと同じ色で、ポーリンはライオネルと同じ金糸で刺繍がされている。

「本当に、生きてこんな日が見られるとは」

微かに目頭を拭っているのは、エステルだ。

「今日は新たな英雄が誕生した記念日ですね。なにしろ、難攻不落の城と言われた陛下を落としたのですから」

「一度本音が聞きたかったんだが、お前俺に敬意がないだろう？」

「とんでもない！　陛下を素晴らしき無敗の戦士だと思っていればこそ、それを落としたオリアナ様をさらに偉大だとたたえているだけですのに！」

涙を拭っていたハンカチを握りしめながら叫んでいるが、目元が笑っているのはどういうことか。

（本当に、この人はいつもライオネル様で遊んでいる……）

国では指折りの側近になる事務政官なのだから、頭は切れるはずだが、ひょっとしたら、これがいろいろとうまく仕事を回すコツなのかもしれない。

（うん、覚えておこう）

いつかは役に立つかもしれない。そう思った時だった。来客が挨拶に訪れだす。

「ライオネル国王陛下、オリアナ王后陛下。本日はおめでとうございます」

招いていた各国の王族や重臣たちだ。

「美しい王后陛下にお目にかかれて、光栄に存じます」

「おふたりの御代が幸いに包まれますように」

立派な服を身に纏った人々が入れ代わり立ち代わり挨拶に訪れて、ふたりに祝福を述べていく。

「ありがとうございます」

笑顔で受け答えをしていても、頭の中では、メイジーとグレイシアが作ってくれた王后としての問答集を思い出すので精一杯だ。それでも官吏としてひと通り外国の要人とのマナーを勉強していたのが、役に立ったのだろう。気品のある振る舞いができているのかはわからないが、公式の場での礼儀に沿って微笑みながら挨拶をすると、相手もにこっと笑い返してくれる。

（外国のお客様が来られた場合も習っておいてよかったわ）

こればかりはルースに感謝だ。それに隣では、不慣れなオリアナをいたわるように、ライオネルが率先して客との挨拶を引き受けてくれている。

ホッとした時だった。

ざわっと周囲が大きくどよめいた。

見れば、六精宮の玄関の方から、ひとりの男性が杖をつきながら歩いてくるではないか。

白いものが混じり始めた髪は、おそらく元はブルネットだったのだろう。澄んだ青い瞳は、まるでいくつもの修羅場を経験してきたかの如く鋭さを持ちながら、こちらをジッと見つめている。丈が長めの衣装は、赤茶と金で織られた重厚な雰囲気だ。

「マンニー国だ」

「マンニー国の者がどうして、ここに……」

衣装でどこの国かわかったのだろう。こつこつと杖をつき、近付いてくる姿を、周囲の誰もが訝しげに見つめている。

こつと杖の音が、ふたりの前で止まった。よく見れば、後ろにはテオとポーリンを誘拐しようとした使者の姿もあるではないか。そのままマンニー国の王は、オリアナのそばでドレスを掴んでいるテオとポーリンの姿を一度眺めてから、視線をライオネルへと移した。

見つめ合うふたりの姿に、周囲にいた者たちが息を呑んでいる。

——なにを切り出すつもりなのか。

しかし、先に言葉をかけたのは、ライオネルの方だった。

「ようこそおいでくださいました。マンニー国王陛下」

ライオネルが口にした言葉で、周囲が再びざわざわと囁き始める。

「え、マンニー国王がどうして……」

「リージェンク・リル・フィール王国に来るなんて初めてじゃないのか？」

周囲がさざめく様子にも動じず、マンニー国の王はジッとライオネルを見つめている。

「本日は、私の妻の立后式においでいただき感謝いたします。テオとポーリンの祖父として、歓迎させていただきます」

「ふん、招待されたからな」

本意ではないということなのだろうか。オリアナが心配そうに見つめる前で、マンニー国の王は後ろに連れていた使者に声をかけた。

「この娘か？」

（私のことかしら？）

思わず目をぱちぱちとさせてしまったが、マンニー国王はオリアナをジッと見つめている。

「そうです！　この鳥のような獣を血に飼う娘が、私どもの邪魔をして――」

その言葉に、ライオネルがかっと目を吊り上げた瞬間だった。口を開くのよりも早く、マンニー国王の杖が使者を打ち据えたのは。

「えっ⁉」

誰もが咄嗟の事態に、驚いて目を見開いている。

「お前は儂が叱った言葉をきちんと理解しておらんようだな？　それは、儂の孫たちも侮辱することになるとなぜわからん！」

言うと、ライオネルに向かい、微かに瞼を伏せた。

「部下の重ね重ねの非礼をお詫びいたす。たしかに儂は、孫たちをマンニー国へ連れてくるようにと命じた。だが、それは親を亡くしたこの子たちが、この宮廷で辛い目に遭っているのではないかと思ったからじゃ」

こつと、一歩ライオネルに向かって近付いてくる。

「たしかに、この子たちの母タリアを国から追い出したのは儂だ。リージェンク・リル・フィールの先王と通じるなどマンニー国の姫としては言語道断。そう思ったから追い出したのだが……」

すっと青い瞳が、辛そうに細められていく。

「この国で、夫を亡くして死んだと聞き……。なぜ儂は、帰ってこいと言ってやれなかったのかと後悔した。マンニー国の姫だから殺されたのか、どうして死んだのか。ずっとそれを考え続けていた。そして夫の弟が王位を継いだと知り、次はタリアが遺した子たちがいらない存在になるのではないかと思うと――夜も眠れなくなった」

こつとまた一歩、ライオネルのそばへと近寄ってくる。

「陛下は、連れていかれそうになったこの子たちを必死で取り戻しに来られたと聞いた。本当にその気持ちを信じてもいいのか？」

ジッと見つめ続ける老いた眼差しの下で、声が泣いているかのように震えているのに気が付く。ライオネルもそれを感じ取ったのだろう。ゆっくりと静かに頷いた。そして、リージェンク・リル・フィール国王としての言葉遣いで答える。

「ええ、もちろんです。義姉上は、私にとてもよくしてくださいました。まるで本当の弟のようにかわいがってくださって――私は、義姉上のおかげで、マンニー国への偏見を乗り越えることができたのです。その義姉上と兄上が遺したこの子たちは、私の宝物に違いありません」

「そうか」

こつと杖が音を立て、また一歩前へと進み出てきた。

「陛下は、この子たちが連れ去られそうになった時、一緒に戦って守った女性を后に選ばれたと聞いた。それで、やっと子供たちを育てると言われているのは、本心なのかもしれないと信じてみる気になったのじゃ」

そして、ゆっくりとオリアナを見つめた。

「――本当にいいのか？　自分に子ができれば、王位継承権を持っているその子たちは、邪魔な存在になるかもしれんぞ？　ただでさえ、継母になるのは難しい。もし少しでも覚悟に自信がないのならば、儂がその子たちを引き取るが」

ギュッとテオとポーリンの手が、オリアナの服を掴んだ。

微かに震えるふたりの肩を両手で抱きしめてやる。

「この子たち――テオとポーリンは、もう私にとっても大事な我が子です。たとえこれから子供が生まれても、ステキな兄と姉になってくれるように、兄妹仲よく育てていくつもりです！」

はっきりと告げれば、マンニー国王の目がふと細くなった。

「そうか。命の危機に遭うほどの怪我を負いながらも、そう言ってくれるのか」

「マンニー国王陛下？」

どうしてだろう。覚悟を問うた後なのに、細めた青い目には静かに涙が光っているように見える。

「ありがとう。マンニー国に連れてくれれば、この子たちがどんなさげすみを受けるのか。不覚にも今回、信頼していた部下のせいでまざまざとわかった。今の儂には、無理にこの子たちを連れていくのが最良とは思えぬ。だから」

ぽろりと涙がこぼれ落ちる。

「頼むとしか言えぬ。どうか、この子たちを守ってやってくれ。誰からも辛い思いをさせられないように――いや、辛い思いをしても、その言葉ごと跳ね返す強い心を持てるように……育ててやってほしい……」

皺を刻んだ顔に流れる涙を見つめる。きっと、自分も持っていた意識が、生涯この子たちを苦しめていくと悟ったのだろう。

人が持っていた意識と戦い、命を落とした娘の悲劇を知ってしまったからこそ。人の悪意が人間を追いつめていくことを感じたのかもしれない。

だから、そっとマンニー国王の手を握りしめた。

「お約束します。テオとポーリンは、私の子供として、どんな悪意にも負けないように守り、育てていきますから」

「――頼む……」

握ったその手を、強く握り返してマンニー国の王は俯いた。

「お爺様……?」

今まで怖がっていたが、俯いた顔からいくつもの涙がこぼれ落ちているのに気が付いたのだろう。テオが不思議そうに見上げる。

その顔に、マンニー国王が嬉しそうに笑いかけた。

「お前たちの目の色は、タリアにそっくりじゃな。一度だけ抱きしめてもいいか?」

「……うん」

悩みながら頷いた姿に手を伸ばし、そっと両手でふたりを一度に抱きしめた。

「――幸せになってくれ……」

きっとそれが、マンニー国王が本心からふたりに伝えたかったことなのだろう。

「おじいしゃま……？」

いつもはいやいやをするポーリンも、今日は不思議そうにおとなしくしている。

しばらくの間抱きしめ、やがてマンニー国王は立ち上がった。そして、ライオネルに手を差し出す。

「本日の立后式、まことにめでたい限りじゃ。これを機会として、改めて両国の国交についても話していけたらどうかと思うが、いかがじゃろうか？」

「もちろんです、喜んで」

差し出された手を、ライオネルは強く握り返す。

「お互いに歩み寄れば、きっと両国の間の感情もよくなっていきます。それは、次代を継ぐテオにとっても、大変ありがたい贈り物となるでしょう」

「うむ」

固い握手で交わされた約束に、周囲が興奮している。

「あのマンニー国と国交が開けるぞ！」

「新しい時代の到来だ！」

わあっと驚きと歓喜の叫びがあがった。

これからのライオネルとテオ、ポーリン、そしてその家族になっていくオリアナにとっても、なによりの贈り物だ。

「ありがとうございます！」

心からお礼を述べると、マンニー国王の皺を刻んだ顔が笑った。

「テオたちを守ろうとしてくれたあなたの立后式じゃからの。いざとなれば、こやつの首を手土産に渡そうかとも思っていたが、こんな中年親父の首よりはずっといいだろう」

「陛下！」

おそらく今回の誘拐事件を収めるために、場合によっては生首にされたかもしれないと言われた使者だった男が真っ青になっている。

「こやつの暴言については、儂がきつく折檻しておく。事件の原因は儂じゃが、テオとポーリンを傷つけるような言葉は許せんからの」

「その件については、そちらにお任せいたします」

「うむ、ではまた後で改めて話し合おう」

頷いた姿が、こつこつとまた杖の音とともに遠ざかっていく。

「陛下、そろそろお時間です」

エステルのその言葉で、立后式が始まる時間が近付いているのだと悟った。

後ろでメイジーが、すっとヴェールの裾を持ってくれる。后を補佐する奥司長という役に就いた者の初仕事だ。

誇らしそうにしている姿に、一瞬だけポーリンが羨ましそうに振り返ったが、「ポーリンはこちらね」と、そっと手を伸ばせば、嬉しそうに握り返した。

「うん！」

「テオは、俺とだ」

「はい、父上」

柔らかく笑い、ライオネルが幼い息子の手を握る。そして、もう片方の腕をオリアナへと差し出してきた。

「では、みんなで行こうか」

それがオリアナに腕を組むように合図しているのだとわかり、はにかみながらそっと右腕を絡めた。

「今日、俺の隣に立ってくれてありがとう」

「それを言うのなら、私を選んでくださったライオネル様にですよ」

（まさか、これからずっと一緒に歩いていけるなんて）

六精宮のホールからもうひとつの通路へと歩みを進め、扉を開ければ、立后式の祭殿へと続く道にはすでに多くの民たちが集まっている。

「国王陛下、王后陛下おめでとうございます！」

「新たな王后陛下に幸いを！」

なんて嬉しい光景だろう。みんなが祝福を投げかけてくれている。

「本当に美しい王后陛下だ！」

「ええ、街に配られた絵のままだわ！　あの絵も、元が筆で描かれたものとは思えないほど美しくて」

集まった民たちが興奮している。

「妃の中の妃、王后の鑑とたたえられていた方ですもの！　私、あの力強い詩ですごく憧れたの！」

「聞けば、あの詩や絵は後宮のお妃様たちが作られたそうだぞ？」

感激した女性のそばにいた男性が告げている。

「ええっ、女性でも絵や詩の発表ってできるの？」

女性はびっくりしているようだ。

だが、驚いているのはその者たちばかりではない。

少し前の方に目をやれば、祭殿で音楽を演奏してくれているのは、後宮の妃たちだ。音楽に長けていた妃たちが集まり、妙なる楽の音を奏でている様には、初めて見た者たちが、みんな驚いた顔をしている。

「こんな公の場で、女性だけの楽団って初めて見たなあ」

「さすがは、王宮！　私たちの街みたいに古くさくはないわね」

「後宮のお妃様たちが、こんなにみんなでお祝いをされているなんて」

驚いた様子で、笛や弦楽器を持った妃たちを眺めている。

「それにご衣装も！　見たことがないほど綺麗ね！」

あれもお妃様方が作られたのでしょうと、噂を聞きつけた女性たちがうっとりとした目でオリアナを見つめている。

きっと、今日の立后式の様子は第三妃が絵にして広めることで、来ていない者たちにもやがて知れ渡っていくに違いない。それと同時に、このドレスを作ったグレイシアの腕前も評判になるだろう。

「こんなにみんながお祝いしてくださるなんて――嬉しいです、ライオネル様」

歩きながら横を向けば、ライオネルも優しく微笑み返してくれる。

「ああ。俺も幸せだ。君と、これからこうやって、ずっと一緒に人生を歩んでいけるんだから」

「ポーも！　いっしょなのがうれしい！」

「僕も、嬉しいです」

少しテオがはにかみながら答えているのは、きっと注目を浴びているからだろう。先王の子供というのは知られているようだが、オリアナとライオネルと並んで立后式に向かうので、どうやら仲のいい家族と受け止めてもらえたらしい。

「かわいい王子様と王女様ね」

「最初血が繋がっていないと聞いた時は心配だったけれど。あんなに王后陛下とも仲がよさそうなら、大丈夫ね」

みんなの祝福が自分たちを包んでくれている。

だから、ライオネルと見つめ合って、ふふっと笑った。

「ライオネル様、これからもみんなで一緒に幸せになっていきましょうね」

「ああ。俺も必ず君たちを幸せにするから」

黒い瞳が優しく煌めく。そして、組んだ腕に力をこめられた。決意を伝えてくる仕草に、そっと体を寄り添わせる。

歩きながら、ライオネルと子供たちと一緒に青い空を見つめた。

どうか、みんなが今よりもっと幸せになっていきますようにと願いながら。

完

あとがき

　このたびは、本作をお手に取っていただきありがとうございます。ベリーズファンタジースイートでは、初めて本を出させていただきます、作者の明夜明琉と申します。

　書き下ろしでの書籍は初めてで、私にとっても記念すべき一冊となりました。

　初めての書き下ろしでしたので、実はとても緊張していました。

　そこで最初に考えたのが、ヒロインはポジティブにしようということでした。元気で、その勢いでヒーローも引っ張っていくようなヒロインにしたいと思い、あれこれ考えているうちにオリアナが誕生しました。

　次にヒーロー、ライオネルを考え、その次にライバル、グレイシアの細かい設定を考えている時に、不意に物語のキャラクターが立体的になって、私の頭の中に浮かび上がってきたのです。

　オリアナとグレイシア、そしてライオネルのそれぞれの考え方や生き方の違いが鮮明になったことで、この話が固まり、私の中で書ける自信が湧いてきました。実際、話の中の後宮パートを引っ張っていってくれたのは、グレイシアです。

「グレイシア様、ありがとう！」

作中のオリアナではないですが、本当にこういう心境でした。

テオとポーリンは、書いている間中、私の癒やしでした。

今はこの話を無事に書き上げられて、ホッとしています。

また、多くの方々に助けていただいたおかげで、この話はこうして無事書籍にすることができました。執筆中、担当編集者様には何度も助けていただき、ありがとうございます。

イラストのＲＡＨＷＩＡ先生、綺麗なイラストで密かに憧れていましたので、本作の表紙をお引き受けくださり、本当に嬉しかったです。また校正や制作などで、世に送り出すのに協力してくださいました多くの方々に深くお礼申し上げます。

この本を、読んでくださった方に少しでも楽しんでいただければ、作者としてとても幸せです。

また、いつか読者の皆様に会えますように。

明《あけ》夜《よ》明琉《あける》

お飾り側妃になりましたが、ヒマなので王宮内でこっそり働きます！
～なのに、いつのまにか冷徹国王の溺愛に捕まりました～

2023年9月5日　初版第1刷発行

著　者　明夜明琉

発行人　菊地修一

発行所　スターツ出版株式会社

〒104-0031　東京都中央区京橋1-3-1　八重洲口大栄ビル7F
☎出版マーケティンググループ　03-6202-0386
（ご注文等に関するお問い合わせ）

https://starts-pub.jp/

印刷所　大日本印刷株式会社

ISBN　978-4-8137-9264-2　C0093　Printed in Japan

［明夜明琉先生へのファンレター宛先］
〒104-0031　東京都中央区京橋1-3-1　八重洲口大栄ビル7F
スターツ出版（株）　書籍編集部気付　明夜明琉先生